Die Stimme, die ich sah

Julia Mai

DIE STIMME, DIE ICH SAH

ÜBER VERTRAUEN, HINGABE UND INTUITION

Julia Mai

1. Auflage
Bestellung und Vertrieb: Nova MD GmbH, Vachendorf
Buchdruckerei: Bookpress
ISBN: 978-3-98595-478-0

Julia Mai, c/o autorenglück.de, Franz-Mehring-Str. 15, 01237 Dresden

INHALTSVERZEICHNIS

WIDMUNG

An alle Träumende, Weltverbessernde
und Freigeister dieser Welt:

Hör auf zu suchen und lass dich finden.
Vertrau dir, vertrau dem Leben
und glaub nicht alles, was du denkst.

„Selbst oder gerade dann,
wenn wir es nicht verstehen,
kann es doch wahr sein."
– *Liora, die Wölfin*

STIMME DICH EIN

Um Dich beim Lesen noch mehr
mit Deinen Emotionen zu verbinden,
habe ich ein erstes Geschenk für Dich.

Eine weitere Überraschung
erwartet Dich am Ende des Buches :)

Du findest es hier:
maispirit.com/diestimmedieichsah-geschenk1

VORWORT

Schreibt sich das Leben von allein oder muss man da noch eingreifen?

Ich habe mein ganzes Leben darauf gewartet, bis irgendetwas passierte oder sich Dinge von selbst fügten. Denn ein Teil in mir glaubt an das Schicksal.

Schon als kleines Mädchen habe ich mich gefragt, ob es so etwas wie das Schicksal oder eine Bestimmung gibt. Etwas, das uns vorgegeben und nicht zu ändern ist. Ein bestimmtes Ziel, das es im Laufe des Lebens herauszufinden gilt. Etwas, in unserem Inneren, das uns sagt, was richtig oder falsch ist. Und ich rede hier nicht von Gott oder anderen religiösen Schöpfungswesen, sondern eben von dem, was die Allgemeinheit als Schicksal bezeichnet. Füge ich mich dem, was sich *das Schicksal* nennt? Oder nicht? Was soll ich tun?

Manchmal wünsche ich mir: Hätte ich doch ein ganz normales Leben. Es fühlt sich so anstrengend an, seine eigenen Erwartungen erfüllen zu wollen.

Ich weiß, meine Seele gehört zu den reiferen. Das ist einfach anstrengend. Die Aufgaben, die sie sich ausgesucht hat und die ich selbst erst nach und nach erkenne; eine nach der anderen abzuhaken. Doch was genau sind das überhaupt für Aufgaben?

Die Welt verändern? Oder zumindest einen Beitrag dazu leisten? Eine Delle ins Universum schlagen?

Aber wie? Und wieso bin ich nicht einfach egoistisch und scheiße auf das alles? Wieso bin ich zu so viel mehr bestimmt, als nur mein Leben auf den Kopf zu hauen. Stattdessen erkenne ich so viele Zusammenhänge. Alles scheint einen tieferen Grund zu haben. Fühlt es sich außerhalb der Norm, der Matrix, so an? Ich will wieder rein. Normal sein. Aber, hm … will ich das *wirklich?* Will ich lieber ein unwissendes Leben führen, es an mir vorbeirauschen lassen; ohne Sinn? Und wieder die Frage: Was ist überhaupt der Sinn meines Lebens? Und worin liegt der Sinn *meiner* Existenz?

In dir schlummern Träume, Hoffnungen und Visionen, die ausgelebt werden wollen. Du glaubst an eine friedliche Welt – eine Welt, in der jeder Mensch so akzeptiert und wertgeschätzt wird, wie er ist. Doch wenn du dich umschaust, dann zweifelst du an der Existenz dieser Welt. Du, mit deinen Visionen und Träumen, passt nicht in diese aktuelle Welt hinein. Und so unterdrückst du deine idealistische Art, weil du Angst davor hast, dass dich andere dafür verurteilen.

Du sehnst dich nach tiefer Verbundenheit, aber da ist nur dieses Gefühl von innerer Leere. Ein Gefühl, das du unbedingt kompensieren musst, indem du dich unter Menschen begibst. Das Problem daran: In Gesellschaft fühlst du dich meistens noch einsamer, als wenn du mit dir allein bist. Der Schmerz darüber, nicht hineinzupassen in diese Gesellschaft, ist so groß … Doch die Leere ist allumfassend. Du willst doch nur gemocht werden und dazugehören.

Also trägst du eine Maske, die dein wahres Ich überdeckt. Eine Maske, die dir ein sicheres Gefühl vorgaukelt und sich doch wie eine Last anfühlt. Eine Maske, die Menschen anzieht, die ebenso Masken aufsetzen und nur Rollen spielen. Eine Maske, die dein Licht dimmt und dich auf Sparflamme setzt. Und die Flamme wurde über die Jahre immer kleiner und kleiner, genauso wie die Wärme in dir immer mehr nachließ, bis da nur noch Kälte war, die dein Herz umschloss. Und nun? Nun bist du verschlossen. Lässt kaum noch jemanden an dein wahres Ich heran. *Das* ist es, was dich so unglücklich macht! Dass du dich nicht wiedererkennst, wenn du in den Spiegel schaust. Wer bin ich *wirklich?*

Die Maske ist nur eine Fassade, sieht von außen perfekt aus … So makellos. Doch tief in deinem Inneren bleiben die Leere und die Angst, dich nicht zu 100% authentisch zeigen zu können. Und so versteckst du dich lieber hinter anderen, deren Flamme im Vergleich zu deiner heller leuchtet.

Du flüchtest in eine andere Welt und findest mit etwas Glück Gleichgesinnte, deren Lichter so selbstbewusst strahlen, wie du es gern würdest. Die sich nicht anpassen, sich nicht verbieten lassen, hell zu leuchten. Und du fragst dich, wie sie das machen. Wie ihr Licht so sehr leuchtet, ohne dass ein Feuer ausbricht. Sind sie vollkommen mit sich im Reinen? Das treibt dich an tiefer zu graben und plötzlich erkennst du, was dich an diesen anderen Personen so fasziniert. Genau das, was du bei dir zu verstecken versuchst. Und dabei geht dir ein Licht auf.

Du realisierst, dass diese Menschen nicht nur Licht sind, sondern auch bei ihnen Schatten existieren. Der Unterschied zu dir, zumindest bis jetzt, ist lediglich, dass diese Menschen die Existenz ihrer Schatten akzeptieren – sie erkennen, dass sie gerade deshalb perfekt sind; genau so wie sie sind. So inspirieren sie dich deine Maske abzulegen. Erinnern dich daran, wie sehr deine Ecken und Kanten dich ausmachen. Gerade dann, wenn du sie nicht als deine Stärken anerkennst. Das, was das Licht jener Menschen, die du bewunderst, zum Strahlen bringt, ist nicht nur das Licht selbst, sondern vor allem die Dunkelheit. Und endlich verstehst du, was Martin Luther Kings Worte wahrlich bedeuten, als er einst sagte: „Only when it is dark enough, can you see the stars."

Deine Julia

KAPITEL 1

FÜR GLÜCK HABE ICH KEINE ZEIT

Bist du glücklich?“, fragte ich meinen Großvater.

„Für Glück habe ich keine Zeit. Lass uns hier weitermachen. Du weißt doch ...“

„Erst die Arbeit, dann das Vergnügen“, beendete ich flüsternd seinen Satz, während ich mit den Augen rollte – natürlich so, dass er es nicht sah. Ich verstand ja, warum er das immer wieder betonte. Er war schließlich der Leitwolf unseres Rudels. Er musste alles aufrechterhalten, für uns alle sorgen. „Das macht man so als Oberhaupt. So ist es Tradition“, wurde mir, seit ich denken kann, immer wieder gesagt. Und mittlerweile schleppte er mich zu allen möglichen Verpflichtungen eines Leitwolfs mit, denn: „Du bist die Zukunft, Liora." Das hatte sich schon längst in mein Gehirn eingebrannt, so oft wie er es hervorhob. „Wenn ich einmal nicht mehr da bin, nimmst du meinen Platz ein."

Aber hatte mich mal jemand gefragt, wie meine Meinung dazu war? Nö. Wäre aber schön gewesen, denn es war sicherlich nicht mein Wunsch die Verantwortungen für alle zu übernehmen. Wieso konnte nicht jeder für sich selbst verantwortlich sein? Allein der Gedanke an diese spätere Rolle fühlte sich wie eine Last auf meinen Schultern an. Und das tat sie ja auch irgendwie … Also noch nicht ganz, aber schon bald.

Bei uns im Wolfsrudel hatte jeder seine Aufgabe. Der Leitwolf sorgte für Sicherheit, Schutz und Struktur. Alles für einen reibungslosen Ablauf. Er war der CEO of the Wolfsrudel. Quasi der Manager von allem. Und ich, seine Enkelin, war so was wie die zukünftige CEO; aktuell noch stellvertretend. Das Problem daran war nur: Ich hatte ehrlich gesagt absolut keinen Plan. Ich hätte mich auf diesen Job sicher nicht beworben, sondern hatte den Titel einfach so bekommen. Hurra. Seit dem Tag meiner Geburt durfte ich also tagtäglich den Druck spüren, irgendwann die Verantwortung für alles und jeden zu tragen. Oh, wie mich das nervte … Aber bei uns wusste jeder schon seit frühester Kindheit, was er später mal zu tun haben würde – hier erbte man nun mal die Pflichten im Bereich der Eltern oder wie in meinem Fall: der

Großeltern. Meine Eltern hatten uns sehr früh verlassen, daher war ich „die Zukunft". Man kam zur Welt und hatte bereits ein Label. Was sollte das denn?! Aber davon abgesehen, hatte es mich mit der CEO-Rolle besonders hart getroffen. Bereits im Welpenalter hatte ich viel mehr zu machen, zu tun und zu leisten im Vergleich zu den anderen.

Meine Großmutter leitete den Kochbereich. Sie liebte es, Gerichte zu erfinden und das Rudel mit leckerem Essen zu versorgen. Während ich als ältestes Enkelkind in die Fußstapfen meines Großvaters treten durfte … *musste* … sollten meine jüngeren Geschwister, in die meiner Großmutter treten. Die hatten auch richtig Spaß. Wie sie ständig lachend durch den Alltag spazierten, so unbeschwert – es sah so leicht aus. Mein Leben hingegen fühlte sich unfassbar schwer an.

Alles, was ich zu tun hatte, war bereits vorgeschrieben. Was ich auch tat, ich machte es, weil es ja *meine Pflicht* war. Wie ich Regeln, Vorschriften und Verpflichtungen hasste. Tagein, tagaus das Richtige tun zu müssen, um meinen Großvater stolz zu machen, erdrückte mich beinahe. Aber er setzte so große Hoffnung in mich, wiederholte so oft, dass meine Rolle der Leitwölfin in den Sternen geschrieben sei, was auch immer das bedeutete. Es war sein tiefster Wunsch, den ich in Ehren hielt – besonders seit er sich bei einem Kampf sein Kreuz ausgerenkt hatte. Danach fand er nicht mehr zu seiner alten Kraft zurück, was mir noch mehr Druck vermittelte. Ich hatte nur noch rund ein Jahr Zeit. Dann wäre der 264. Mondzyklus vollendet und der Zeitpunkt, zu dem ich offiziell den

Platz des Rudelführers einnehmen musste, gekommen. *Keine Ahnung, wie das klappen sollte.* Denn egal, was ich machte, es schien nie gut genug zu sein. Meine Laufgeschwindigkeit: nicht schnell genug. Meine Instinkte: nicht instinktiv genug. Nie war irgendetwas genug. Außerdem half er mir bei alltäglichen Sachen, bei denen ich eigentlich gar keine Hilfe brauchte. Wie sollte ich denn da jemals Leitwölfin sein? Ganz allein.

Es war ein angenehmer Herbsttag. Die anderen Wölfe rannten herum, spielten, tanzten und sangen. Ich blieb für einen Moment stehen, beobachtete sie und fühlte eine Sehnsucht, selbst einfach mal sinnlos herumzuspielen. Sie fragten mich schon gar nicht mehr, ob ich dabei sein wollte, weil sie wussten, ich würde eh Nein sagen.

Großvater blieb stehen, drehte sich zu mir um und folgte meinem Blick. „Liora! Was habe ich dir gesagt?!"

Bitte sag es nicht noch einmal. Bitte, bitte nicht. Ich kann es nicht mehr hören. „Ich …" Mein Hals zog sich zusammen. Es war so, als wäre mein Körper eingefroren.

„Wir kommen zu spät", sagte er dann.

Puh, ich dachte schon, er hält wieder seine Predigt. Noch eine hätte ich jetzt nicht ertragen. Ich schaute noch ein letztes Mal zu den anderen, senkte dann meinen Kopf zu Boden und wir rannten weiter in Richtung Verwunschener Wald. Ich lief extra etwas langsamer, um meinen Gesichtsausdruck vor ihm zu verstecken. Meine Mimik verriet sofort, wie ich mich fühlte. Ich schaffte es einfach nicht, wie andere im Rudel ein künstliches Lächeln aufzusetzen und gute Laune vorzutäuschen.

Wir jagten andere Tiere – schließlich brauchte Großmutter etwas, das sie für unser Rudel zubereiten konnte. Großvater bestimmte, dass ich heute ein kleines Reh reißen sollte … aber ich wollte nicht, *konnte* nicht. Allein wie das schon klang … *reißen*. So brutal.

„Schnell! Sonst läuft es noch weg! Los, Liora!", befahl er.

Ich seufzte. Befehle hasste ich genauso sehr wie Traditionen. „Warum genau machen wir das noch mal?" Ich bereute die Frage sofort, denn ich wusste bereits, was seine Antwort war.

„Weil wir das schon immer so machen. Wovon sollen wir uns denn sonst ernähren?" Dann sah er mich vorwurfsvoll an und schwieg.

Ich wollte meinen Prinzipien treu bleiben, wusste aber, dass Großvater es auch heute nicht verstehen würde. Deshalb behielt ich meine Meinung wie immer für mich und stellte mich beim Jagen einfach ungeschickt an. Das Reh entwischte. *Ups, ich Schussel …* Dann schlich ich mich davon in Richtung Brombeer- und Himbeersträucher. Beim Sammeln dieser süßen Früchte war ich jedes Mal voll in meinem Element. Dabei vergaß ich jegliche Zeit. Doch als ich an meinen geliebten Büschen ankam, hingen dort kaum noch welche. *Das waren bestimmt diese Wolfitarier.*

Ich tat das schon mein ganzes Leben – ich aß kein Fleisch, weil ich es einfach nicht mochte. Ich konnte es nie runterschlucken oder hatte ein flaues Gefühl im Magen. Irgendwann hatten andere Wölfe aus meinem Rudel herausgefunden, wie köstlich die Pflanzenwelt doch war. Seitdem nannten sie sich Wolfitarier. Aha. Sie fanden sich dabei ganz toll. Seit sie herausgefunden hatten, dass ich die Ernährungsweise mit ihnen teilte, bezeichneten sie auch mich so. Doch ich mich selbst nie. Wieso muss man alles einen Namen geben? Um sich zugehörig zu fühlen? Ich will mich gar nicht zugehörig fühlen, mich nirgendwo hineinquetschen. Nicht in eine Welt, in der jeder ach so individuell sein will und die eigene Box durch das Schubladen-Denken viel kleiner macht.

Es hatte eine Zeit in meinem Leben gegeben, da hatte ich mir wirklich vorgenommen, mich anzupassen und das hatte auch echt gut geklappt. Ich wollte gemocht werden, ein Teil einer Gemeinschaft sein. Aber irgendwann hatte ich es dann doch satt, limitiert zu werden, denn das bedeutete, ich musste meine restlichen Persönlichkeitsanteile verstecken. Gefühlt habe ich mehrere von ihnen in mir. *Ist das normal?* Es gibt doch so viele unzählige Möglichkeiten und unterschiedliche Facetten von mir, die alle ausgelebt werden wollen.

Aber gut, zurück zu den Beeren. Dann musste ich eben dorthin, wo ich normalerweise nicht sammelte. Ich entdeckte einen riesigen Baum mit langen, dicken Wurzeln, die teils aus dem Erdboden ragten. Der Baum zog mich regelrecht in seinen Bann. Ich schaute fasziniert nach oben und wäre beinahe über eine dieser Ranken gestolpert.

„Watch your step, Liora." – „Mach ich. Danke, danke." – „Bitte." – „Sehr aufmerksam von dir." Ich führte manchmal Selbstgespräche. Das fand ich für mich ziemlich lustig, doch wenn es jemand aus dem Rudel mitbekommen hätte, hätte er gedacht, ich wäre total verrückt.

In den Stamm war ein Symbol geschnitzt. Es hatte Kurven und Schlaufen und ein paar Punkte. Ich berührte die Schnitzerei sanft mit meiner Pfote und schloss dabei meine Augen. Mein Körper fing an zu zittern. Mein Herzschlag wurde schneller und ich sah einen merkwürdigen Vogel vor meinem inneren Auge. Genauer gesagt eine Eule in einer Höhle mit Kristallen. An den Wänden befand sich ebenfalls dieses Symbol. Sie schaute mich an und sagte: „Du hast es verstanden. Du kannst jetzt deiner Bestimmung folgen."

Ich fühlte mich seltsam benommen. Verwirrt schaute ich nach oben und um mich herum. Ich lag unter dem Baum auf dem Boden. War ich eingeschlafen oder ohnmächtig geworden? Ich raffte mich wieder auf und entdeckte das Zeichen noch in der Baumrinde. *Diese Eule … Das Symbol. Was war das eben? Ist das gerade wirklich passiert?* Ich nahm die Situation so klar wahr. Realer hätte es nicht sein können. Solche Momente hatte ich schon öfters gehabt, nur hatte ich mir nie etwas dabei gedacht und auch nicht so klargesehen wie eben gerade. Na ja, vielleicht bedeutete es ja auch gar nichts. Was bedeuteten Träume schon …?

Bevor ich zurück zu Großvater ging, sammelte ich dann endlich meine Beeren.Beeren und Blätter? Schon wieder? Wann isst du mal etwas Ordentliches?", murrte er.

Ich wollte mich rechtfertigen, brachte aber kein Wort heraus. Ich wusste, dass ich ihn enttäuscht hatte. Er sagte zwar nichts, doch sein Blick transportierte die Botschaft, die mich innerlich zum Beben brachte:

Was soll bloß für eine Leitwölfin aus dir werden, wenn du nicht einmal ein Reh jagen kannst?

KAPITEL 2

IST DAS ALLES NUR EIN MÄRCHEN?

Ich kam traurig, wütend, enttäuscht – emotional aufgewühlt – zu Hause an, knallte die Tür zu, stampfte, atmete laut. Jeder sollte spüren, wie es in mir drin brodelte.

„Was ist los, Liora?“, fragte Großmutter liebevoll und schaute mich besorgt an.

„Nichts“, war meine Antwort und ich ging für einen Moment nach draußen zum Bach, der an unserem Haus vorbeifloss. Die Sterne strahlten hell und das Wasserplätschern beruhigte mich. Von dort sah der Himmel grenzenlos und weit aus.

Der einzige Ort, an dem ich mich wie zu Hause und gleichzeitig so frei fühlte.

Irgendwann kam Großmutter heraus, entfachte ein kleines Feuer und setzte sich neben mich. Ich kuschelte mich an ihre Schulter und sie legte ihre Pfoten um mich. In diesem Moment wünschte ich mir, ich hätte ihr sagen können, wie dankbar ich für sie war. Aber ich brachte nur einen tiefen Seufzer heraus. *Wieso kann ich es ihr nicht sagen?* Ich bemerkte einen Kloß in meinem Hals, der größer wurde und mir schließlich sogar das Atmen erschwerte. Ich löste mich von ihr, drehte den Kopf zur Seite und versteckte meine Tränen, die über mein Gesicht liefen. Großvater sagte immer: „Wir weinen nicht. Wir sind stark." Daher beschloss ich die Tränenproduktion aufzuhalten. Ich wollte ihm doch gerecht werden … Aber es ging nicht. Je mehr ich meine Trauer zu unterdrücken versuchte, desto stärker brach sie aus mir heraus.

„Liora, es ist schon okay. Lass es fließen", hörte ich Großmutters Worte.

Es ging auch gar nicht mehr anders. Sie taten es und ich wischte sie nur immer wieder von meinen Wangen. Ich schämte mich so sehr und zeigte mich bisher niemandem in diesem Zustand. Ich war doch stark und wollte dieses Bild aufrechterhalten.

„Es ist okay …", betonte sie noch einmal und nahm mich wieder in den Arm. „Lass es raus, Liebes. Ich höre dir zu. Ich sehe dich", hörte ich ihre ruhige Stimme und erfasste ihren sanften Blick, während sie liebevoll mein Gesicht berührte. Dadurch hörte ich auf zu weinen. Ich wollte etwas sagen. „Er …“, setzte ich an, aber ich konnte nicht fortfahren. Ich brachte kein weiteres Wort mehr raus. Ich heulte nur noch, so lange bis ich glaubte, keine Tränen mehr übrigzuhaben.

Nach ein paar tiefen Atemzügen war ich bereit, ganze Sätze zu formulieren. „Er versteht mich nicht. Wieso versteht er mich nicht?! Für ihn gibt es nur die Arbeit. Kein Vergnügen. Noch nie habe ich wahrgenommen, wie er etwas nur aus Spaß macht. Alles muss bei ihm einen Sinn ergeben. Ich hätte so Lust, einfach mal etwas Neues auszuprobieren. Ich werde in die Rolle des Leitwolfs gedrängt, dabei habe ich noch so viele andere Fähigkeiten und Talente, die ich noch ausleben will. Aber ich kann nicht, weil ich hier sein muss. Wieso ist er so streng zu mir?“

Großmutter streichelte meinen Kopf und wir schauten zusammen in den Himmel. „Seitdem ich ein Teil seiner Familie bin, hatte er das Gefühl, mich beschützen zu müssen. Weißt du, er hat eine schwierige Vergangenheit, hat sehr früh seine Eltern verloren, genau wie du. Zu den Pflichten des ältesten Sohnes gehörte es eben auch, sich um seine Geschwister zu kümmern. Seine Familie zu beschützen und für sie, für uns, zu sorgen ist seine oberste Priorität. Seit dem Tod deiner Eltern, wollte er dir dasselbe Schicksal ersparen. Er arbeitet hart und opfert sich für uns auf, damit wir alle behütet sind und das Rudel sich wohlfühlt.“

„Aber wieso tut er das denn?“ Ich verstand es nicht so richtig.

„Das ist seine Art, uns – also auch dir – zu zeigen, wie lieb er uns hat. Er liebt dich wirklich mehr als alles andere auf der Welt, Liora. Nur deshalb ist er so streng zu dir. Weil er dich vor Verletzungen und Schmerz beschützen will."

„Ich muss nicht beschützt werden! Ich kann allein auf mich aufpassen! Und es ist bald so weit: Der 264. Vollmondzyklus ist bald vollendet und dann muss ich seinen Platz einnehmen – dabei fühle ich mich noch gar nicht bereit dazu, die Leitwölfin zu sein. So viel Verantwortung zu übernehmen. Die ganze Last auf meinen Schultern zu tragen. Meine … Die des Rudels. Wie soll ich das machen, wenn er mich nicht lässt, sondern immer noch die Fäden zieht?" Ich hielt kurz einen Moment inne und plötzlich kam mir ein interessanter Gedanke. „Was, wenn das, was wir zu wissen glauben, gar nicht wahr ist? Was, wenn wir für etwas viel Größeres geschaffen sind? Was, wenn *ich* für etwas Größeres geschaffen bin. Größeres, als unser Wolfsrudel anzuführen?", fragte ich meine Großmutter, selbst erstaunt darüber.

„Liebes, du *bist* für etwas Großes geschaffen! So wie jeder von uns. Nur glaubst du, es wissen zu müssen, um es zu verstehen."

Diesen Satz verstand ich jedenfalls schon mal nicht … *Ich glaubte, etwas wissen zu müssen, um es erst zu verstehen?* Mein Gehirn brauchte etwas Zeit, um das zu verarbeiten. *Das ergibt doch absolut keinen Sinn … Ich glaube, sie hat mich nicht richtig verstanden. Ja, ich bin für etwas Größeres geschaffen, aber was ist es? Und wie erkenne ich, was ich glauben soll und was nicht? Wie kann ich etwas verstehen, ohne es zu wissen?*

Passend zu meinem Gedankenkarussell, fuhr sie fort: „Du hinterfragst alles, was dir merkwürdig erscheint und du nicht begreifen kannst. Genau das liebe ich an dir. Genau das macht dich aus, Liora. Vergiss das nicht. Vertraue darauf: Alles geschieht zum richtigen Zeitpunkt."

Ich nickte nur, wusste jedoch nicht genau, was sie mir sagen wollte. „Und wann weiß ich das? Oder: *Wie* weiß ich das?", hakte ich deshalb nach.

Aber Großmutter lächelte nur, stand auf und ging wieder Richtung Haus.

Hm … Ich glaube sie hat mich schon wieder nicht verstanden.

Nach einer Weile kam sie wieder – in den Pfoten ein Tablett, auf dem eine Kanne Tee und zwei Tassen standen. Der angenehme Duft von Fenchel, Anis, Orange und einem Hauch Lavendel erreichte meine Nase. Das war Großmutter: Sie verzauberte ihre ayurvedische Kräutermischung stets mit ihrer Lieblingszutat: Lavendelblüten. Großmutter reichte mir den Becher, aus dem ich sofort einen Schluck nahm. Genießerisch schloss ich meine Augen, während die warme Flüssigkeit durch meinen Hals weiter nach unten floss. *Himmlisch.* Er wärmte dabei nicht nur meinen physischen Körper, sondern auch mein Herz.

Lange Zeit hatte ich den Geruch von Lavendel nicht ertragen. Für mich hatte es einfach nur gestunken. Aber Großmutter ließ sich davon nicht beirren, gab es bei jeder Zubereitung wieder dazu, bis ich es dann doch noch erst mögen und schließlich sogar lieben lernte. Weil der Duft von Lavendel eine beruhigende und entschleunigende Wirkung habe und damit genau das Richtige für mich sei, wie sie zu sagen pflegte. Und ja, ich musste zugeben: Das stimmte absolut. Sobald ich Lavendel roch, versetzte es mich in eine andere Dimension. Es brachte mir innerhalb weniger Sekunden absolute Entspannung und ließ mich den gesamten Alltagsstress vergessen. Als würde ich auf einer Wolke schweben, auf der nur Leichtigkeit, Freiheit und Unbeschwertheit herrschten. Ich fühlte mich so … richtig. Und willkommen. Das hier muss der Inbegriff von purem inneren Frieden sein. *Wow, wie heilsam ein Schluck dieser aromatischen Mischung doch sein kann.*

Ich wollte meinen Becher gerade wieder auf die Kanne neben das Tablett stellen, da entdeckte ich es an dessen Innenrand: das Zeichen! Genau jenes, das ich vorhin im Wald als Schnitzerei gesehen hatte! Ich beugte mich vor, um es genauer zu betrachten und mich zu vergewissern, dass es auch wirklich identisch war. Ja, kein Zweifel: die gleichen Kurven und Schlaufen. Großmutter unterbrach mein Starren. „Liebes, ist alles in Ordnung?"

Ich war für einen kurzen Moment sprachlos, schaute sie mit verengten Augen an und zeigte mit meiner Pfote drauf. „Was ist das da?"

„Das Unalome-Symbol … Es hat viele unterschiedliche Bedeutungen. Im Buddhismus repräsentiert es unsere Suche nach Bewusstheit und Zufriedenheit. Im Hinduismus steht es für das Dritte Auge von Shiva, dessen Aufgabe es ist, das Sein zu überwachen und dessen Hindernisse zu überwinden. Es zeigt den Weg, den wir während unserer gesamten Inkarnation gehen – dieser Weg kann gerade, kreisförmig oder kurvenreich sein. Die wichtigste Botschaft ist aber die, dass es das

Leben symbolisiert. Die Schlaufen repräsentieren die Höhen und Tiefen. Die Kurven hier die Muster, die uns immer wieder begegnen, nur in etwas abgewandelter Form. Aber sie werden von Mal zu Mal kleiner, weil sie dich irgendwann nicht mehr aus der Bahn werfen, bis sie irgendwann zu einer geraden Linie werden. Die Mitte. Wenn wir in uns ruhend und eins mit dem Universum sind. Verstehst du?"

Ich war mir nicht sicher, ob ich das wirklich verstand, sagte aber: „Okay. Es repräsentiert also das Leben. Und woher hast du es? Woher weißt du das alles?"

„Laut einer Legende hat vor vielen Jahrzehnten eine weise Eule dieses Zeichen an verschiedenen Stellen in Holz geschnitzt, um die Bedeutung fortzuführen ..."

„Eine weise was?", hakte ich nach.

„Eine weise Eule. Sie trug die Weisheit in sich und wollte uns damit daran erinnern, was es bedeutet zu leben. Deshalb trinken wir diesen Tee. Um uns daran zu erinnern, wofür wir wirklich hier sind. Um jeden Moment unserer Existenz zu genießen."

„Du sprichst von einer Legende. Ist das alles nur ein Märchen?" Ich wusste nicht, ob ich ihr von meinen Träumen erzählen sollte. *Reicht ja eigentlich schon, wenn ich mich selbst für verrückt halte.*

„Ob es wahr ist oder nicht, spielt letztendlich keine Rolle. Du glaubst, was du glauben willst. Für uns sind diese Symbolik und die Tradition sehr wichtig. Genaueres kann ich dir nicht sagen. Doch es gibt wirklich einige, die nach der Eule suchen."

Meine Augen wurden größer und ich setzte mich sofort aufrecht hin. „Wie meinst du das? Nach ihr suchen? Also gibt es sie wirklich?!"

Großmutters Stimme wurde etwas leiser. „Es heißt, alle möglichen Wesenheiten hätten sich auf den Weg zu ihr gemacht, weil sie die Zukunft voraussage. Laut den Geschichten beantwortet sie einem jede Frage. Doch weil sie als so weise galt, wurde diese Weisheit auch missbraucht, und so hat sie sich irgendwann versteckt, damit sie keiner mehr finden konnte. Niemand weiß, wo sie heute ist oder ob es sogar andere weise Wesen wie sie gibt." Sie schenkte mir Tee nach.

„Also rein theoretisch, wenn man sie finden wollen würde … wie würde man sie denn finden?" Das machte mich neugierig.

„Es gibt unterschiedliche Karten. Doch keiner weiß, ob eine davon richtig ist, sie ihr Versteck zwischenzeitlich gewechselt hat. Keiner weiß es genau – doch es wird viel spekuliert."

„Also, wenn es einen weisen Guru wie sie wirklich gibt, dann würde ich sie auf jeden Fall finden. Und dann könnte sie mir verraten, was in diesem Leben meine Aufgabe ist. Der Sinn meines Lebens. Wie in meinem …" *Ups. Ich wollte den Traum doch nicht erwähnen.*

„Das stimmt, das würdest du. Du hast ein Talent fürs Fährtenlesen."

Ich sah Großmutter überrascht an, denn mit dieser Antwort hatte ich nicht gerechnet. Ich lächelte unsicher und fuhr verlegen fort: „Ja … Also, es war eigentlich nur ein Scherz. Ich würde nicht wirklich nach ihr suchen."

„Na ja, was hält dich davon ab, Liebes?", fragte sie. Glaubte sie, ich hätte das ernst gemeint?

Ich dachte kurz darüber nach. Das wusste ich selbst nicht genau. Für einen Moment hatte ich tatsächlich alles um mich herum vergessen – dann fiel es mir wieder ein. Meine Brust fühlte sich sofort schwerer an. „Du weißt ganz genau, was. Oder eher *wer*. Dein Mann. Er setzt mich unter Druck. Ich soll trainieren und fleißig sein. Wir hätten keine Zeit für unser Glück. Aber unser Alltag kann doch nicht nur aus Arbeit bestehen?! Und wenn ich sehe, wie viel Spaß die anderen haben, frage ich mich echt manchmal, wann es denn endlich zum Vergnügen kommt. Was habe ich stattdessen? So viel Verantwortung. So viele Verpflichtungen. Aber wofür eigentlich? Damit ich mein Leben lang in diesem Rudel bleibe und die Anführerin bin? Ohne Freude und Genuss – dafür vollgepackt mit nichts als Arbeit. Nein, das kann nicht alles sein. Ich will das machen, was *ich* will – nicht das, was *er* von mir verlangt. Ich habe auf all das hier absolut gar keine Lust mehr. Ich will die ganze Welt entdecken."

„Ja, Liebes, das weiß ich. Davon redest du schon, seit du sprechen kannst. Du wolltest nie für immer hierbleiben und das Rudel anführen. Was hält dich also *wirklich* auf?"

Ich grübelte und hatte auf diese Frage keine plausible Antwort.

Auch in dieser Nacht konnte ich nicht einschlafen – wie so oft – doch diesmal kreisten meine Gedanken ausnahmsweise mal nicht um all die

Sorgen und Zweifel wegen der Anführerrolle, sondern um die Geschichte mit der Eule. Irgendwann schlief ich mal für einige Stunden ein, nur um mitten in der Nacht doch wieder die Augen zu öffnen … Und von da an war ich hellwach, als würde mich etwas absichtlich wachhalten. Aber ich wusste nicht, was genau. Es zog mich weg von hier. Wohin? Das wusste ich nicht. Nur weg.

KAPITEL 3

TRÄUM WEITER, LIORA

Wie zu jedem Neumond trafen wir uns im Wolfsrudel auch diesmal, um den Neubeginn des Zyklus zu zelebrieren. Wir feierten das genauso sehr wie den Vollmond, wenn die Energien der Sonne und des Mondes aufeinandertreffen. Da sah ich auch immer meine Freunde wieder. Also … eigentlich waren sie nicht meine Freunde, aber wir waren gleich alt und hatten schon einiges zusammen erlebt. Es war außerdem Tradition, dass wir uns regelmäßig wiedertrafen. *Blöde Tradition … Ich weiß nicht mal, wer sie eingeführt hat.*

In dem Moment, in dem ich aus meinem Zimmer ging, zog es mich auch schon wieder zurück in mein geliebtes Bett. Ich wollte nicht zum Neumondtreffen, aber ohne triftigen Grund abzusagen, brachte ich nicht übers Herz. Das wäre mir zu schwergefallen – und eine plausible Ausrede hatte ich auch nicht parat. Andererseits spürte ich heute den Drang, den anderen von den Neuigkeiten mit der Eule zu berichten. Was sie wohl dazu sagen würden? Ob sie auch so neugierig und abenteuerlustig wären wie ich?

„Und genau diese Eule will ich finden“, teilte ich den beiden mit, nachdem ich die Geschichte erzählt hatte. „Ich weiß, dass es so viel auf der Welt zu entdecken gibt. Sie könnte mir die Antworten geben, nach denen ich suche.“

„Das kannst du doch nicht tun. Spinnst du?“ Meine Wolfsfreundin warf mir ihre Worte regelrecht vor die Füße.

„Ja, genau! Du kannst deinen Großvater doch nicht allein lassen. Du bist seine Nachfolgerin und der Jüngste ist er jetzt auch nicht mehr. Lässt du uns hier zurück und folgst lieber irgendeinem Märchen?“, stimmte mein anderer Wolfsfreund ihr zu.

Mit diesen Reaktionen hatte ich nicht gerechnet. Ich versuchte einen richtigen Satz herauszubringen. „Nun, also … Na ja … Deshalb hatte ich ja vorgehabt, euch zu fragen, ob ihr mitkommt.“

Sie schauten einander an und lachten dann laut. Ich zog meine Mundwinkel hoch zu einem aufgesetzten Grinsen, weil es mir etwas peinlich war.

„Heißt das, ihr seid dabei?“, fragte ich noch etwas euphorischer.

„Ach, du hast das ernst gemeint, Liora?“

Jetzt prusteten sie richtig los, bis meiner Wolfsfreundin sogar die Tränen kamen. Mein künstliches Lächeln erstarrte. Schließlich nickte ich nur noch automatisiert wie ein Roboter. „Ich will wissen, was meine Aufgabe in diesem Leben ist. Es muss doch einen Sinn geben … Und genau den finde ich noch heraus!“

„Aber deine Aufgabe ist doch, unsere Leitwölfin zu werden. Was willst du denn eigentlich noch alles haben? Reicht dir nicht, was du schon hast? Du bist nie zufrieden, der Wunsch nach immer mehr und mehr. Was willst du denn überhaupt?“

Ich zuckte mit den Achseln. Ich hatte eine Vision vor Augen. Doch so ganz genau, *wusste* ich es nicht. Was es ganz sicher *nicht* war, war das hier, und von ihnen so fertiggemacht zu werden noch weniger. In mir schlummerte noch so vieles. Aber hier fand ich nicht die Zeit, all das zu entdecken.

„Ich träume von so viel mehr als nur tagtäglich zu arbeiten, nach Hause zu kommen und am nächsten Tag wieder das Gleiche zu tun. Immer wieder. Bis ich sterbe. Bin ich zufrieden? Vielleicht. Aber ich will verdammt noch mal nicht nur zufrieden und mittelmäßig sein. Sondern glücklich und erfüllt, was auch immer das bedeutet!“

„Ach so, sind wir dir jetzt also zu mittelmäßig, oder was?“

„Uuuh, die große Liora denkt wohl, sie wäre was Besseres als wir“, fügte der andere hinzu und lachte hämisch.

Es war wie ein Stich ins Herz. Ich verstand nicht, warum sie so dachten. „Aber … so habe ich es doch gar nicht gemeint. Ihr seid doch auch unzufrieden, oder nicht? Das habt ihr doch auch immer wieder betont, euch über diese Eintönigkeit des Alltags beschwert. Wieso ändert ihr denn nichts?"

„Was sollen wir denn schon ändern können?! Es ist nun mal so – damit müssen wir uns abfinden, und du solltest das auch."

„Aber es muss doch noch andere Möglichkeiten geben. Eine Welt, in der wir alle glücklich und frei sind. In der uns keine blöden Regeln und Traditionen einengen."

„Träum weiter, Liora. In was für einer Realität lebst du denn?! In einer, in der du dein Leben so gestalten kannst, wie es dir gerade passt? So funktioniert das nicht, hat es noch nie und wird es auch nie! Du kannst nichts ändern. Absolut gar nichts." Sie lachten mich weiter aus und gingen dann fort. Aus der Ferne hörte ich: „Liora-Mimora, die einsame Wölfin."

„Pssst. Sie kann dich doch hören!", flüsterte er – vergeblich – und sie kicherten alle beide weiter.

Jap. Ich kann euch hören. Ich war von ihrem Verhalten einfach nur geschockt und hätte echt heulen können. Zwar wollte ich mich zusammenreißen, aber es ging nicht. Weinend verließ ich den Ritualplatz, um allein zu sein. Mal wieder.

Bin ich wirklich eine einsame Wölfin? … Sieht so aus. Keiner versteht mich. Wirklich keiner. Wenn ich mich mitteilen will, werde ich missverstanden. Ich kann so nicht weitermachen. Ich will so nicht weitermachen. Würde mich überhaupt irgendjemand vermissen, wenn ich nicht mehr da wäre? Was würde passieren, wenn ich nicht mehr hier wäre? Ich habe keine Lust mehr auf dieses Leben hier. Keine Freude mehr. Wieso bin ich hier? Wer sagt mir, was ich jeden Tag tun soll? Wer definiert, ob etwas gut ist oder schlecht? Ich will wissen, wo ich herkomme. Warum ich anders aussehe und was ich hier soll. Warum ich als Einzige im Wolfsrudel komplett weißes Fell habe. Wer ich eigentlich bin. Dadurch habe mich schon immer so anders gefühlt.

In Momenten wie solchen, war ich fest davon überzeugt, hier eigentlich gar nicht hinzugehören. Ich heulte all die Schwere heraus und fühlte mich sofort befreiter. Wie oft habe ich mich nicht getraut zu weinen. Dabei tat es so unglaublich gut. Umso besser hier von niemandem gesehen zu werden. Peinlich, wenn sie das wüssten … Doch urplötzlich wandelte sich meine Trauer in Mitleid. *Es tut mir so leid anzusehen, wie sie sich alle so klein halten und sich mit einem normalen Leben zufriedengeben. Jeder von uns verdient es, ein glückliches Leben zu führen.*

Einerseits beschweren sie sich andauernd darüber, was nicht funktioniert, aber ändern wollen sie es nicht. Aber warum?! Sie könnten *es doch. Ich verstehe das nicht. Ich verstehe nicht, wieso man sich an Vorschriften halten muss. Wieso können wir nicht einfach neue definieren? Was macht mir überhaupt Spaß? Hm … Ich weiß nicht genau.*

Irgendwann bemerkte ich, wie sich meine Traurigkeit weiter verwandelte – bis ich regelrecht vor Wut kochte. Mein Kopf glühte, in meinem Magen brodelte es, als hätte ich etwas Scharfes gegessen. Vielleicht war ich auch immer noch traurig. Oder alles zusammen. Ich nahm eine enorme Kraft in mir wahr und rannte los in Richtung Wald.

Sie sagen ich kann es nicht? Denen zeige ich es! Aber so was von! Ich zeige ihnen, dass ich es kann, und dann werden sie mich nicht mehr auslachen.

Ich lief schneller und schneller.

Ich kann alles schaffen, was ich will. Ich muss mich nicht an irgendeine blöde Tradition halten – ich stelle neue Regeln auf. Neue Möglichkeiten.

Der See hier am Waldrand war für mich ein weiterer Kraftort. Hier fühlte ich mich so frei. Allein das Beobachten der Wasseroberfläche, erdete mich. Ich fühlte mich so unendlich kraftvoll und heulte so laut ich konnte: „Awooo!"

Ein Echo hallte zurück.

Komisch. Normalerweise war hier kein Echo zu hören. Ich wiederholte mein Geheul, weil ich mir nicht sicher war, ob ich es mir nur eingebildet hatte. *Wir waren hier im Wald – wo sollte da denn ein Echo herkommen?*

„Awooo", jaulte ich los und „…woooo … wooo … woo" hörte ich es zurückschallen. Instinktiv blieb ich einfach stehen. Hier war doch niemand außer mir, weil sie alle auf dem Neumondfest waren. Aber für den Fall, dass hier wirklich jemand war, wäre es wohl die sinnvollste Taktik, mich einfach tot zu stellen. Ein bisschen Angst hatte ich schon … Ich schloss meine Augen, wusste gar nicht, wieso. *Wenn es gefährlich wird, ist es vielleicht nicht so schlau, sie zu schließen.* Aber ich fühlte mich dadurch sicherer, also tat ich es – und das Spannende war, dass es hier nach Lavendel roch, ich mich aber nicht daran erinnern konnte, hier jemals Lavendelsträucher gesehen zu haben. Trotzdem entspannte mich der Duft zusätzlich.

„Atme weiter. Ganz entspannt“, sagte eine beruhigende leise Stimme.

Ihre Worte gaben mir Sicherheit, doch traute ich mich noch nicht, die Augen zu öffnen. Sie kam mir bekannt vor, aber ich konnte sie nicht zuordnen. Oder führte ich wieder Selbstgespräche? Egal. Ich wusste nur, es half und ich fühlte mich dadurch gehalten. Es war angenehm. So nahm ich meinen Atem und meinen Körper erst richtig wahr. *Wie schnell und leicht einen ein paar Atemzüge wieder auf den Boden der Tatsachen zurückholen können* … Ich öffnete langsam meine Augen, doch vor mir stand niemand. Auch neben und hinter mir war weit und breit keine Wolfsseele zu sehen. *Komisch. Habe ich das gerade nur geträumt?*

Etwas in mir brachte mich dazu, auf den Boden vor mir zu schauen und siehe da … *Ich glaube, ich spinne!* Vor meinen Pfoten lag ein großes Ahornblatt, in das das Unalome-Symbol geritzt war. Ich hatte dieses Symbol zuvor noch nie in meinem Leben gesehen und jetzt innerhalb von zwei Tagen gleich dreimal?! *Was für ein glücklicher Zufall!* Ich hob das Blatt auf und nahm es mit nach Hause. Das musste ich unbedingt meiner Großmutter zeigen. *Die wird auch staunen!*

„Schau mal! Ist das nicht ein lustiger Zufall? Es lag einfach so auf dem Boden beim See. Ist das nicht abgefahren?“ Voller Freude mit dem Blatt wedelnd präsentierte ich das Fundstück meiner Großmutter.

Sie schmunzelte und ich wusste schon, was das bedeuten würde. *Großmutters Weisheiten in 3, 2, 1, Action …*

„Na, wenn das mal nicht ein Zeichen ist! Es gibt keine Zufälle, Liebes. Alles geschieht aus einem bestimmten Grund."

„Na ja, und was soll denn bitte der Grund sein? Von den anderen missverstanden und ausgelacht zu werden? Mich jetzt so schlecht zu fühlen?", verhörte ich Großmutter und war stolz auf mich, weil ich nicht direkt wieder losweinte.

„Was glaubst *du* denn?", konterte sie mit einer Gegenfrage.

Hm … Ich hatte ja die Hoffnung, sie würde mir die Antworten geben, nicht ich mir selbst. Jetzt musste ich wohl oder übel selbst darüber nachdenken und das war gar nicht so einfach. „Ich weiß es nicht. Vielleicht, damit ich ihnen beweise, wie falsch sie mich eingeschätzt haben. Ich nicht die einsame Wölfin bin, wie sie mich nennen, und sie sich genauso schlecht fühlen wie ich."

Sie schmunzelte. „Was wäre, wenn du aufhörst über die anderen nachzudenken und dich nur auf dich konzentrierst? Was würdest du am liebsten tun? Was hat das in dir ausgelöst?" Mir fiel es sofort ein, aber es laut auszusprechen, war nicht so leicht.

„Hmmm …", machte ich stattdessen, um Zeit für die passenden Worte zu sammeln. Ich spürte diesen Ruf, den ich nicht genau benennen konnte. Ich spürte, wie es mich zur Eule zog und wie begierig ich war, herauszufinden, ob es wirklich nur ein Märchen war. Das stärkte meinen brennenden

Abenteuergeist – zu erfahren, was es in diesem Leben noch mehr zu erforschen gab.

Ich stellte mir vor, wie ich mich auf die Reise machte und erinnerte mich an meinen Traum. Wie die Eule vor mir stehen und mir erzählen würde, was der Sinn meiner Existenz sei. Wie ich von da an schlauer wäre, weil ich wüsste, wie ich meine Zukunft gestalten will. Ich lächelte und Großmutter holte mich aus meinem Tagtraum zurück:„Liebes, wenn du nicht jetzt für dich losgehst, wann dann? Mach dir keine Sorgen um deinen Großvater. Wir sind alle hier und unterstützen ihn. Leb dich und deine Träume aus. Erfahre und erforsche sie und dich!“

Großmutter fand immer die richtigen Worte, um mich zu beruhigen oder zu bestärken. Bei ihr fühlte ich mich richtig. Sie war eigentlich das einzige Wesen, das mich wirklich verstand – und das schenkte mir so viel Kraft.

„Wenn deine Vision so stark ist, wenn deine Seele dich ruft, wenn dein Herz so laut für etwas schlägt … dann reicht genau das aus. Folge diesem Ruf deiner Seele, auch wenn dein Verstand es nicht erfassen kann. Lass dich von deinem Herzen leiten. Dein Verstand will die Sicherheit. Dein Verstand will dich kleinhalten. Geh mutig deinen Herzensweg und hör auf die Stimme in dir, Liebes.“

Und sie hatte recht. Wenn ich das jetzt nicht herausfand und für mich losgehen würde, wann dann? Ich konnte nicht immer nur für die anderen da sein, musste auch mal was für mich machen. Aber ich wollte nicht so egoistisch wirken …

Andererseits war es ja eigentlich auch egal, was die anderen von mir dachten. Wieso interessierte mich das überhaupt? *Nein, es kann mir egal sein, was jemand von mir denkt, den ich eigentlich gar nicht mag. Dem ich sowieso nicht wichtig bin. Okay, ich soll also auf meine innere Stimme hören. Oder? … Soll ich wirklich? Puh, wie aufregend …*

„Ich habe hier etwas für dich", informierte mich Großmutter und überreichte mir ein Stück Papier. Es sah alt aus, war etwas zerfleddert und zusammengefaltet. Ich nahm es auseinander und war verwirrt. Es war eine Art Karte mit Symbolen, die ich nicht entschlüsseln konnte.

„Das ist eine Karte, die dich zur Eule führen könnte. Es gibt nicht viele Exemplare davon. Vielleicht ist das Ganze ein Märchen. Vielleicht auch nicht. In jedem Fall kann sie dir helfen. Ich habe sie vor einigen Jahren empfangen und für einen besonderen Anlass aufbewahrt. Mir war klar, dass du eines Tages nach ihr suchen würdest, wenn du von der Geschichte erfährst. Und nun ist es so weit", spekulierte sie.

Ich war gerührt. „Nein … das kann ich nicht annehmen. Womit habe ich das verdient?"

„Du *musst* sie annehmen. Sie ist ein Geschenk von Herzen. Nimm sie und komm erst wieder, wenn du die Eule gefunden hast."

„Na gut. Versprochen." Ich grinste und umarmte meine Großmutter ganz fest. „Danke. Wirklich … Für alles." Eine Träne lief meine Wange herab. Ich würde also tatsächlich losgehen und die Eule finden. Nur wann?

Ich wartete noch einige Tage, bis ich alles Notwendige für meinen kleinen Reiserucksack gesammelt hatte. Ich packte nur das Wichtigste ein und natürlich die Karte von Großmutter. Es war mein Plan, noch vor Sonnenaufgang aufzubrechen.

Vor dem Schlafengehen verabschiedete ich mich noch von Großmutter, schaffte es aber nicht, auch Großvater gegenüberzutreten. Er hätte mich nicht verstanden und mich wahrscheinlich davon abgehalten zu gehen. Das wiederum hätte mich zum Zweifeln gebracht und ich wäre wahrscheinlich den Rest meines Lebens hiergeblieben. Deshalb ging ich ohne großes Tamtam.

Natürlich konnte ich auch an jenem Abend nicht einschlafen – meine Gedanken kreisten noch mehr als sonst. *Aaah! Morgen geht es wirklich los! Wo soll ich denn nur langgehen?* Ich war so aufgeregt. Schließlich gab ich es auf, das Gedankenkarussell weiter kreisen zu lassen, und schaute mir das Stück Papier genauer an. Ich hatte es eilig, an mein Ziel zu kommen, wenn es also eine Abkürzung gab, wollte ich die nehmen. Nur irgendwie verstand ich die Zeichnungen nicht. Großmutter hatte gesagt, die Eule sei wahrscheinlich oben auf dem Berg. Ich hatte unser Wolfsrudel noch nie verlassen, hatte keine Ahnung, was mich außerhalb des Verwunschenen Waldes erwarten würde. Der schnellste Weg zum Berg führte, wenn ich das richtig las, auf jeden Fall durch den Wald über die Brücke, das Symbol sah aus wie ein Fluss, und dann … wäre ich schon da. *Ist doch supereinfach!*

Wow, ich mache das jetzt also wirklich. Ich folge dem Ruf meiner Seele, ohne zu wissen, wohin sie mich führen wird. Es kribbelte in mir vor Vorfreude. Jetzt zu wissen, in welche Richtung ich mich morgen früh aufmachen würde, beruhigte mich und so schaffte ich es doch noch, ein paar Stunden zu schlafen.

KAPITEL 4

DIE SCHÖNHEIT IST ÜBERALL

Es war noch dunkel, als ich mich auf den Weg machte. Keine andere Seele war unterwegs – ich war ganz allein, um mich nur Stille. *Ich könnte tun und lassen, was ich will. Keiner da, der mir vorschreibt, was ich machen soll. Der mir Befehle erteilt, was ich aussprechen darf und was nicht.* Das fühlte sich genial an. War genau das dieses Gefühl von Freiheit, nach dem ich mich immer gesehnt hatte?

Ein bisschen schade fand ich es allerdings schon, dass niemand anderes mit mir reiste. *Eine Reisebegleitung wäre lustig.* Ja, ich mochte es, nur mit mir zu sein, aber ich mochte es auch, Gesellschaft zu haben. Gesellschaft, in der mich niemand auslachte, sondern Gesellschaft, die mich wirklich verstand. Jemand, der mir vielleicht sogar ähnlich gewesen wäre. Meine alten „Freunde“ waren es nicht. Wir hatten uns über die letzten Jahre in unterschiedliche Richtungen verändert, ohne es zu merken.

Als Großmutter vor einem Jahr zum ersten Mal Reiki bei mir angewandt hatte, fing meine Entwicklung an. Sie war nicht nur die Sterneköchin unseres Rudels, sondern auch unsere spirituelle Heilerin. Die meisten im Rudel hielten sie für verrückt – wahrscheinlich verstanden wir uns genau deshalb so gut. Weil auch ich mich als Außenseiterin wahrnahm. Wir hatten nie darüber gesprochen, aber ich glaubte auch, dass sie sich anders fühlte. Doch im Gegensatz zu mir, war ihr egal, was die anderen über sie sagten. Das fand ich sehr bewundernswert. Bei der Reiki-Sitzung nahm sie jedenfalls meine Chakren wahr. Ich wusste gar nicht genau, was das war, aber anscheinend hat jedes Lebewesen sieben Chakren im Körper. Energiezentren, wodurch unsere Lebensenergie fließt.

Ich hatte sehr viel Respekt vor dieser spirituellen Art der Heilung. Zwar wusste ich, dass Großmutter so etwas praktizierte, aber ich hatte mich nie getraut, selbst eine Sitzung wahrzunehmen. Bis vor einem Jahr, als ich starke Rückenschmerzen bekommen hatte und dauernd körperlich, aber auch mental erschöpft und träge war, obwohl ich die meiste Zeit nicht viel tat außer zu schlafen.

Irgendwann belastete mich das so, dass ich mich geschlagen gab – zu verlieren hatte ich ja nichts. Aber ich erwartete auch keine Wunderheilung.

Für die Sitzung sollte ich mich hinlegen und meine Augen schließen. Also tat ich es. Ruhte einfach nur auf dem Rücken und sie machte etwas, das ich nicht greifen … *be*greifen konnte. Eine halbe Stunde später berichtete sie mir, was sie an Energien wahrgenommen habe. Sie teilte mir mit, dass sich meine Seele verloren fühle. Sie habe Heimweh und eine tiefe Sehnsucht nach einem lichtvolleren Ort. Da wo sie vorher gewesen sei, habe es sehr viel Licht, Freude und Wärme gegeben … In diesem Leben sei sie anscheinend noch nicht richtig angekommen, weil es hier nicht so freundlich sei. Sie wolle wieder zurück zu jenem Fleck im Universum, an dem jeder, so wie er ist, herzlich empfangen und akzeptiert wird.

Das war … unbeschreiblich. Ich flennte wie ein Welpe, weil eine andere Person zum ersten Mal genau meine Empfindungen in Worte fasste, die ich selbst nicht im Stande war zu greifen. Sie hatte mir mitgeteilt, dass es meine Aufgabe sei, diesen lichtvollen Ort auch hier zu kreieren, statt zu flüchten. Nun ja, und seitdem hatte ich zwar etwas mehr Klarheit, aber eindeutige Antworten fehlten mir noch immer. Was das zum Beispiel genau bedeuten sollte, einen lichtvollen Ort zu erschaffen … Vor allem, wenn ich überhaupt kein Licht sah, sondern überall nur Wesen, die sich beschwerten und keine Lust auf ihr Leben hatten. Die nur im Autopiloten lebten und darauf warteten, dass etwas Spannendes passierte, das sie aus dem öden Alltag riss, statt selbst dafür zu sorgen. Die sich lieber über andere beschwerten, statt etwas in ihrem Leben zu verändern.

Und alles schien zusammenzuhängen, denn von da an, wurde dieser innere Drang, Antworten zu finden, immer größer, und der Druck, den mir Großvater machte, steigerte dies noch. Es war nicht leicht, nach diesen Antworten zu suchen, da ich darüber nur mit meiner Großmutter sprechen konnte. Ich traute mich nicht, diese spirituelle Seite meiner selbst jedem zu zeigen oder sie gar auszuleben, weil ich immer Angst hatte, genau wie Großmutter als verrückt abgestempelt zu werden. Es wäre wirklich schön gewesen, jemanden zu kennen, der mich verstand und ähnlich tickte wie ich. Aber gut, nun war ich eben allein unterwegs und es war so befreiend, mich mal nicht für meine Ecken und Kanten rechtfertigen zu müssen.

Ich schaute an meinem Kraftort vorbei, um noch Energie für meine Reise zu tanken. Der See war gewaltig, das Wasser war so rein und klar. Es war ein Traum. Ich starrte auf die Wasseroberfläche und entdeckte mein Spiegelbild. Kurz sah ich mir in die Augen, dann wanderte mein Blick zu der Narbe zwischen meiner linken Schläfe und der Nase. Sie erinnerte mich immer daran, was einst geschehen war. Dann nahm ich ganz bewusst mein weißes Fell wahr. Es ließ mich so anders aussehen als alle anderen …

Nein, ich konnte mich nicht länger ertragen! Zu schmerzhaft war all die Trauer und Scham, die durch diesen kurzen Moment hochkam. Mein

Spiegelbild erinnerte mich daran, wie sehr ich mich von den anderen unterschied. Wie oft ich schon versucht hatte diesen Schmerz zu unterdrücken? Es war jedes Mal ein Erfolg, weil ich mich ablenken konnte. Doch hier gab es keine Möglichkeit zur Ablenkung. *Sollte ich nicht vor Freude in die Luft springen, weil ich meine Reise antrete?* Stattdessen fühlte ich mich einfach nur elend. *Ich will mich nicht so fühlen!*

Da hörte ich ein Platschen im Wasser. Ich sichtete meine Umgebung und bemerkte einen Schwan, der auf der anderen Seite des Sees schwamm. So früh am Morgen war ich noch nie hier gewesen – vermutlich hatte ich ihn deshalb noch nie registriert. Sein weißes Gefieder wirkte so anmutig. *Wunderschön. Ich würde mein weißes Fell auch gern voller Stolz zeigen …* Doch ich traute mich nicht. O Gott, jetzt schwamm er auf mich zu! Was sollte ich tun? *Atmen, Liora.*

„Guten Morgen!“, sagte der Schwan.

„Morgen“, nuschelte ich und schaute dabei verlegen auf den Boden, um direkten Augenkontakt zu vermeiden. *Keiner soll mich so verletzlich sehen.*

„Du siehst etwas traurig aus. Möchtest du dich mitteilen?“, fragte der Schwan. Er wirkte mitfühlend.

Wow, jemand, der wirklich daran interessiert war, wie es mir ging. Das erwärmte mein Herz. Sollte ich es ihm verraten? Nein, ich traute mich nicht, ihm zu sagen, wie ich mich *wirklich* fühlte. „Alles gut. Ich finde, dass du wunderschön und anmutig aussiehst. Das wäre ich auch gern.“

„Du *bist* genauso schön. Jeder von uns ist auf seine Art und Weise schön. Schau dich an! Zeig dich in deiner vollen Pracht. Du brauchst dich nicht zu verstecken."

„Ach … nein. Ich sehe so anders aus als alle anderen Wölfe, die ich kenne, und habe diese Narbe, die mein Gesicht entstellt. Ich finde mich hässlich und gar nicht schön." Gefühle wollten an die Oberfläche sprudeln. *Nein!*, wies ich mich zurecht. *Ich bin nicht traurig. Nein, es ist alles gut. Alles ist gut, Liora – kein Grund zu weinen.*

„Die Schönheit ist überall. Siehst du die Schönheit der Natur? Die Bäume, die Pflanzen, die Luft, das Wasser hier. Alles im Leben ist wunderschön, wenn du es als schön betrachten willst. Findest du es hässlich, so ist es das auch. Also für mich ist alles wunderschön – und deshalb bist auch du aus meiner Sicht wunderschön. Übrigens: Wie alles beginnt auch die Schönheit des Äußeren im Inneren."

„Und wie soll das genau funktionieren?"

„Beginn damit, deine Schönheit anzunehmen. All die Seiten, die du an dir magst. Deine Stärken, deine Persönlichkeit. Und was noch viel wichtiger ist: Nimm auch das an, was du an dir selbst verurteilst. Deine Schwächen, deine Narben. Jedes deiner Makel erzählt eine Geschichte und ist ein Teil von dir. Denn dann, wenn du dich mit all dem, was du bist, annehmen kannst, bist du schön. Im Innen wie im Außen." Mit diesen Worten verabschiedete sich der Schwan von mir und schwamm weiter.

„Sieh die Schönheit in jedem Moment deines Lebens", hörte ich eine leise Stimme sagen.

Ich drehte mich um, aber es war keiner zu sehen. *Hm … komisch. Na ja, vielleicht habe ich mich auch nur verhört.*

KAPITEL 5

MIT WEM REDESTE DENN?

Als der Verwunschene Wald endete, kam ich an eine Gabelung. Ich schaute auf die Karte, doch sie war gar nicht eingezeichnet, und so wusste ich nicht, wo ich langgehen sollte. Der rechte Weg war gepflastert und führte zu einem riesigen Berg – der linke war eher ein Pfad und führte ins Unbekannte. Sollte ich die unbefestigte Route nehmen oder doch lieber die sicher scheinende?

Ich schloss meine Augen und es wurde dunkel. Ich hörte auf zu sehen, nahm meinen schnelleren Herzschlag wahr. Es fiel mir schwer, mich zu entscheiden. *Entscheide ich mich jetzt falsch, werde ich einen Umweg nehmen müssen … Was, wenn mir sogar etwas Schlimmes passiert?* Ein Schauer lief über meinen Rücken. Es war ein unangenehmes Gefühl, das ich unbedingt loswerden wollte. Noch ehe ich meine Lider wieder öffnete, hörte ich eine sanfte Stimme. „Warte … Nimm dir diesen Moment. Halt kurz inne, um tief ein- und auszuatmen …"

Ist das dieselbe Stimme, die mich schon einmal beruhigt hat? Sie schaffte es wirklich, dafür zu sorgen, dass ich keine Angst mehr hatte und die Unsicherheit und der Druck, den ich mir machte, nachließen. Und dann nahm ich wahr, wie es mich zum linken Feldweg zog.

Da erklang auf einmal eine lautere, raue Stimme: „Hey! Was haste denn vor? Meditierste hier mitten im Nirgendwo, oder was?!"

Ich öffnete meine Augen und sah zwei Wölfe – einen mit schwarzem Fell, der eine starke Ähnlichkeit zu mir aufwies, und einen mit orangem Fell, der sich aber nicht nur in der Fellfarbe, sondern auch im Körperbau von den Wölfen, die ich bisher kannte, unterschied. Er musste wohl von weit her kommen. Er betrachtete mich beinahe ausdruckslos, was gruselig und furchteinflößend auf mich wirkte.

„Äh … hallo! Ich bin Liora. Ich bin auf der Suche nach einer Eule. Kennst du vielleicht eine Eule?

„Was genau willste denn von der?"

„Das kann ich dir nicht genau sagen."

„Dann sag ich dir au nix."

Seine Art löste in mir ein merkwürdiges Gefühl aus, das ich nicht einordnen konnte. „Aha … Hm.

So kommen wir nicht weiter. Kennst du sie nun, oder nicht? Ich werde sie auch allein finden, aber wenn du etwas weißt, dann erzähl es mir doch einfach. Wieso machst du daraus so eine große Sache?“

Die schwarze Wölfin schwieg. Sie blieb vollkommen ruhig und lächelte mich sanft an. Das beruhigte mich etwas.

„Hey, beruhig dich ma, okay? Erzähl ma, was de von der willst, und ich erzähl dir, was ich weiß. Alles easy. Kein Grund, gleich aggro zu werden. Aber nee … weißte was? Ich muss dir *gar nix* erzählen. Tz …“ Mit diesen Worten drehte er sich um und ging langsam weg.

Puh … Das gestaltet sich schwieriger als ich dachte … Wie kann man nur so unfreundlich sein und mir dann noch weismachen, ich wäre aggro?! Irgendwie machte er mich *wirklich* aggressiv, aber irgendetwas an ihm faszinierte mich auch. Also riss ich mich zusammen und kam ihm etwas entgegen. „Warte! Ich will in Richtung Berg und frage mich, welche Reiseroute mich wohl da hinführen würde. Er ist auf meiner Karte nicht eingezeichnet, deshalb weiß ich nicht, ob ich nach rechts oder links gehen soll. Ich möchte den schnellsten nehmen“, erklärte ich.

Er hielt inne und drehte sich wieder zu mir. Seine Mundwinkel deuteten ein Grinsen an. Das schien ihn nun doch neugierig gemacht zu haben. Hatte ich ihn vielleicht falsch eingeschätzt? Interesse zeigte er ja nun doch.

„Du, ich brauch keine Karte. Ich kenn hier alle Abkürzungen in- und auswendig. Hast mit mir ’nen richtigen Profi an der Hand. Vertrau mir.“

„Welchen Weg würdest du denn nehmen – als Profi?“, fragte ich.

Er zeigte nach rechts. „Da lang und ’n paar Meter weiter gibts ’ne Abkürzung.“

Eine Abkürzung bedeutete, dass ich schneller da wäre. Aber war es auch die Wahrheit? Konnte ich ihm vertrauen? Die Situation verunsicherte mich und ich wusste nicht, was ich tun sollte. Ich brauchte Bestätigung und schaute zur schwarzen Wölfin.

„Wo würdest du langgehen?“

Sie zeigte mit ihrer Pfote nach links – wie mir auch mein Gefühl vorhin geraten hatte. Trotzdem war ich unsicher, weil ich nicht wusste, was mich dort erwarten würde.

„Mit wem redeste denn?“, fragte mich der Wolf mit dem orangen Fell.

„Na … mit ihr“, klärte ich ihn auf und mein Blick wanderte zur schwarzen Wölfin.

Er schaute ebenfalls zu ihr, dann wieder zu mir. Sein Gesichtsausdruck gefiel mir nicht – er war von der gleichen Sorte wie die, die mir meine alten Freunde immer zuwarfen … Als wäre ich verrückt.

„Hier ist doch niemand außer wir beide, aber okay …“, erwiderte er und brachte mich damit komplett aus dem Konzept.

Ich rieb mir die Augen und öffnete sie wieder. Die schwarze Wölfin war weg. *Was …?! Habe ich mir das nur eingebildet? Nein, ich habe sie gesehen. Ich habe sie gehört! Glaube ich … Oder doch nicht?*

„Also, ich hab die Eule ja noch nie gesucht, aber würde ichs, dann würd ich sie sofort finden. Ich mein … Ich kenn die ganze Gegend. Aber is schon ’n bisschen gefährlich, ne? Könntest dich verlaufen, kleine Wölfin. Außerdem weißte ja nich, wem de alles begegnest. Du kannst nich allen vertrauen, weißte? Du brauchst jemanden, der sich auskennt. Du hast Glück, denn ich kenn mich *gut* aus. Du *brauchst* mich.“

Ich schaute nachdenklich in Richtung der gepflasterten Strecke. *Hm, das stimmt schon. Ich kenne mich hier wirklich nicht aus und wer weiß, wem ich unterwegs begegne. Vielleicht wird es ja sogar ganz lustig, wenn er dabei ist. Und er hat was von Abkürzungen erzählt – da ist es natürlich verlockend, diesen zu nehmen, zumal er auch viel sicherer aussieht.*

„Bin die meiste Zeit allein unterwegs. ’n kleines Abenteuer könnt ja ganz lustig werden, meinste nich auch?“

„Ja klar, wieso eigentlich nicht?!“, war meine erste impulsive Antwort. Und genau in der Sekunde, in der ich sie aussprach, bereute ich es auch schon. *Vielleicht aber ja nur, weil es aufregend ist,* versuchte ich mich zu beruhigen. *Könnte doch wirklich lustig werden – wir haben bestimmt viele Gemeinsamkeiten, schließlich ist er genauso abenteuerlustig wie ich. Und ich hab mir ja eine Reisebegleitung gewünscht. Jetzt habe ich wirklich eine!* Und es machte ihm nichts aus, dass ich so neugierig war und die Eule suchte – ganz im Gegenteil, er hatte mich noch nicht mal als Verrückte oder Träumerin abgestempelt, sondern wollte mir sogar helfen. Vermutlich hatte er niemanden und war so einsam wie ich. *Der Arme* … Plötzlich tat er mir leid. Ich *konnte* einfach nicht Nein sagen, wollte nicht, dass er traurig wäre. Was, wenn er schließlich vor Einsamkeit sterben würde?

Dann würde ich daran Mitschuld tragen. Bei diesem Gedanken zog sich mein Magen zusammen. Anscheinend hatten wir noch viel mehr gemeinsam, als ich zuerst gedacht hatte. Und er kannte sich hier gut aus. Wenn ich ihm folgte, machte ich auch keine Umwege und käme noch schneller an mein Ziel. Entgegen der leisen inneren Stimme, die mir immer noch davon abriet, sagte ich: „Gut, lass uns gehen“, und wir betraten den Pflasterweg.

„Wo kommst du eigentlich genau her? Und was für ein Wolf bist du?“, fragte ich ihn nach einer Weile.

Er blieb stehen und fing laut an zu lachen. „Wolf?! Sehe ich etwa aus wie ’n Wolf?“

„Na ja, wir sind ungefähr gleich groß, haben eine ähnliche Statur und …“

Er unterbrach mich und machte sich groß. „Ich bin der einzigartige Fuchs. Das schlauste und pfiffigste Wesen im ganzen Land. Kein Wolf … Also sorry, nix gegen Wölfe, aber ich hab hier alle möglichen Schleichwege erkundet. Ich bin mal hier, mal da, hab kein richtiges Zuhause. Ich leb halt da, wo ich will.“

Ein Freigeist. Ich war schon begeistert davon, wie er herumwanderte und tun und lassen konnte, was er wollte. Er war sein eigener Boss – das fühlte sich bestimmt toll an. *Ich glaube, das ist es, was mich so an ihm fasziniert. Ich will auch so frei und selbstbewusst sein wie er.*

Kurze Zeit später kamen wir vor eine riesige Mauer, die den Weg versperrte. Ich schaute nach links und rechts, doch gab es keine Möglichkeit, durch diese Mauer hindurchzugehen. Außerdem war sie zu hoch, um darüber zu klettern und zu lang, um drum herum zu laufen. Die einzige Möglichkeit, die es gab, war, zurückzulaufen und einen anderen Weg zu finden. Doch das kam für mich nicht infrage, denn es hätte einen Rückschritt bedeutet. Ich wollte doch vorankommen und nicht wieder umkehren. Verzweiflung machte sich in mir bemerkbar. Ich begann zu schwitzen. *Hätte ich doch nur auf mein Gefühl vertraut, statt mit dem Fuchs mitzugehen.*

„Keine Panik aufer Titanic“, sagte er. „Ich kenn doch alle Abkürzungen. Wir geh'n einfach hier lang.“ Er drückte einige lockere Ziegelsteine heraus und schuf so ein Loch, durch das wir auf die andere Seite der Mauer kriechen konnten.

Okay, damit habe ich jetzt nicht gerechnet … Wirklich ganz schön schlau, dieser Fuchs. Ein aufgeregtes Kribbeln machte sich in mir breit, wobei ich nicht genau sagen konnte, ob vor Aufregung, weil ich auf dem schnellsten Weg zur Eule war, oder weil sich diese Abkürzung irgendwie nicht so ganz sicher anfühlte. *Ach, egal. Hauptsache ich komme schneller an mein Ziel.*

KAPITEL 6

SIE WILL KEINE PAUSE MACHEN

Wir gingen an einem Feld voller Sonnenblumen vorbei und wurden plötzlich von einem Schwarm Bienen überrascht. Ich fragte mich, wo der wohl herkam und entdeckte das dazugehörige Nest an einem Ast. Die Bienen flogen abwechselnd zu den Sonnenblumen und dann wieder zu ihrem Nest. Eine Biene aber war ganz allein und sah erschöpft aus.

„Hallo, kleine Biene! Was ist los mit dir?“, fragte ich sie neugierig und zeigte ihr so meine Anteilnahme. Denn sie erinnerte mich an mich selbst.

„Ach, ich sammle Honig … Den ganzen Tag sammle ich Honig … Weil wir ja nicht schon genug haben. Aber unserer Königin reicht es noch nicht. Wenn ich nicht mehr sammle, denken sie und die anderen, ich wäre nicht genug. Aber ich kann einfach nicht mehr."

Ich verstand die Biene so gut. Das erinnerte mich an mein Leben im Wolfsrudel – den ganzen Tag nur zu arbeiten und gar keinen Spaß zu haben.

„Dann mach doch eine kleine Pause", schlug ich vor.

„Nein, ich kann nicht! Ich muss weitersammeln. Was, wenn etwas passiert und unser Vorrat verloren geht? Katastrophe! Ich *darf* nicht – ich muss weitermachen, bis wir alle Sonnenblumen abgeflogen haben."

Ich blickte rüber zur Wiese und staunte, denn es gab keinen Fleck, der nicht von Sonnenblumen bedeckt war. Es sah sogar aus, als würden gerade noch mehr heranwachsen. Wenn das so weiterginge, würde es kein Ende nehmen und die kleine Biene müsste bis an ihr Lebensende Honig sammeln. Ich war schockiert. *Was für eine Qual* … „Aber es ist doch genug für alle da. Kannst du dich nicht zumindest kurz ausruhen und dann weiterarbeiten?", hakte ich noch mal nach.

„Nein, nein, nein. Um Gottes willen! Was sollen die anderen denken? Sie würden denken, ich sei schwach. Das geht nicht. Das geht absolut nicht!"

„Darf ich dich etwas fragen, kleine Biene?"

Sie nickte.

„Wieso genau machst du das? Was bringt es dir?"

„Na ja … eigentlich gar nichts. Aber es gibt nichts in meinem Leben, das mich mehr erfüllt als diese Arbeit zu tun. Diese goldene Flüssigkeit zu sammeln und zu sehen, wie viel ich bereits gesammelt habe."

Mit dieser Antwort hatte ich nicht gerechnet. Da unterschieden sich unsere Ansichten. Ich hatte auch kurz darüber nachgedacht, den ganzen Tag Beeren zu sammeln, aber das hätte mich nicht erfüllt. „Und wenn du damit fertig bist? Was dann?"

„Dann sammle ich weiter. Fliege zur nächsten Blume und sammle dann dort weiter Honig und so weiter."

„Wird dir da nicht langweilig, wenn du bis an dein Lebensende das Gleiche machst? Immer und immer wieder?"

„Nein, das macht mir Spaß. Ich könnte es den ganzen Tag tun, und das tue ich ja auch."

Ich verstand sie nicht. Erst beschwerte sich die Biene darüber, wie viel sie zu tun habe, aber dann behauptete sie, sie wolle nichts anderes tun als das.

„So, ich muss weiter", kündigte sie an und flog davon.

Ich beobachtete die Biene noch einen kurzen Moment und schüttelte verwirrt den Kopf. Ich versuchte sie zu verstehen, aber es wollte mir leider nicht gelingen.

„Lass sie. Sie *will* keine Pause machen. Weißte, das muss jeder für sich entscheiden", sagte der Fuchs.

Und ja, recht hatte er. Ich konnte sie nicht vom Gegenteil überzeugen, und das wollte ich auch nicht. Es war ja auch nicht meine Aufgabe, ihr zu sagen, wie sie ihr Leben gestalten sollte. Der Fuchs und ich, wir beide fanden es merkwürdig, dass die Bienen nur an das Honigsammeln dachten, wo das Leben doch so viel mehr zu bieten hatte. Von ihm fühlte ich mich wirklich verstanden – auch er sah nicht nur die Arbeit, sondern genauso das Vergnügen.

„Es erfreut die Bienen. Die Arbeit *ist* ihr Vergnügen“, hörte ich eine Stimme leise sagen.

Ich drehte mich zur Seite zum Fuchs. „Hast du etwas gesagt?“

Er schüttelte den Kopf.

Hm … Komisch. Höre ich jetzt etwa schon Gespenster sprechen?

Wir spazierten weiter, gingen einen scheinbar nie enden wollenden Weg entlang. Links und rechts nur Acker und Wiese. *Ganz schön langweilig. Ich dachte, ich erlebe hier Abenteuer.* „Wie weit ist es denn noch?“, fragte ich ungeduldig.

Der Fuchs lachte laut auf. „Kleine Wölfin, wir sin grad mal los. Wird noch ’ne ganze Weile dauern, bis wir am Herzberg ankommen. Geduld is der Schlüssel.“

Geduld habe ich nicht. Wie ich dieses Wort hasste. „Aber wir laufen jetzt schon fast einen ganzen Tag hier in der prallen Sonne. Du hast doch davon geprahlt, so tolle Abkürzungen zu kennen. Wo sind sie? Oder kennst du etwa gar keine?“

Der Fuchs blieb stehen.

Ups … Hatte ich da einen wunden Punkt getroffen? Hätte ich das vielleicht besser nicht gesagt? Das komische Gefühl vom Anfang wurde stärker.

„Jetz hör mir mal zu! *Du* wolltest *mich* begleiten, und jetzt beschwerste dich, dass es zu langsam vorangeht! Weißte eigentlich, was ich ausgeschlagen hab, damit ich mit dir diese Reise machen kann? Ich hätt stattdessen für jemanden jagen gehen und dafür 'ne Menge Kohle bekommen können. Aber *deinetwegen* habe ichs nich getan! Ich hab dir dabei geholfen, auf die andre Seite der Mauer zu kommen, und *das* is der Dank dafür? Was willste denn noch alles?!"

Okay, er war eindeutig wütend und machte mich für seine Situation verantwortlich. Das verstand ich nicht, denn eigentlich war es ja seine Entscheidung gewesen, mir zu helfen. Es war seine Entscheidung, ob er irgendwelche Jobangebote annahm oder nicht. Ich war doch nicht seine Mutter, die ihm sagen konnte, was er zu tun und zu lassen habe. *Trotzdem, Liora … Hättest du das doch einfach nicht gesagt. Hättest du doch einfach die Klappe gehalten und wärst ihm weiter gefolgt. Hätte, hätte, Fahrradkette. Aber nein … Jetzt ist es zu spät.*

„Nein, nichts ist zu spät. Alles ist in Ordnung und genau so richtig. Atme langsam weiter. Atme ein … Atme aus …", beruhigte mich die eine Stimme wieder und es funktionierte.

Und so erinnerte ich ihn ganz ruhig an seine eigenen Worte: „Der Vorschlag, gemeinsam zu reisen, kam doch von dir … Ich finde es unfair, wie du mich für deine Situation verantwortlich machen willst. Ich habe dich zu gar nichts gezwungen, sondern hatte erwartet, zusammen Spaß und Abenteuer zu erleben."

„Ich begleite dich und zeig dir meine Abkürzungen, damit du keine Umwege gehen musst! Was willste denn noch alles von mir?! Soll ich dich etwa au noch anner Pfote nehmen? Die Welt dreht sich nich nur um dich!“

Ich spürte einen Stich im Herz und wie mein Hals enger wurde. Mir war plötzlich schwindelig. Er verstand mich nicht. Ich fühlte mich nicht gehört. Er war wie alle anderen. Meine Augen füllten sich mit Tränen und ich versuchte etwas zu sagen, ohne zu weinen. Es ging so halbwegs. „Es … es tut mir leid. Das habe ich doch gar nicht gesagt und auch nicht so gemeint. Lass uns bitte in Ruhe darüber reden. Ich war ungeduldig und enttäuscht, dass wir noch nicht so weit gekommen sind. Aber das war doch nicht deine Schuld. Wirklich, es tut mir *so* leid. Das war nicht meine Absicht.“ Nun liefen mir die Tränen doch über das Gesicht – ich konnte sie einfach nicht mehr zurückhalten. Ich schluchzte, versuchte normal weiterzuatmen.

„Schh-schh-schhh … Na hör ma auf zu heulen. Gibts ja keinen Grund zu. Hör ma auf traurig zu sein“, versuchte mich der Fuchs auf seine besondere Art zu beruhigen.

Doch es klappte nicht – im Gegenteil. *Was fällt ihm ein? Ich bin doch kein Baby.* Ich weinte nur noch mehr. Es war kein Ausdruck meiner Traurigkeit, sondern weil er mich nicht verstand. Weil er mir mit seinen Worten vermittelte, nicht richtig zu sein. Jetzt noch mehr. Denn jetzt war es auch noch falsch, meine Emotionen zu zeigen.

„Jetzt hör ma auf zu heulen! Ich will deiner schlechten Laune nicht den ganzn Weg über ausgesetzt sein. Denk doch ma positiv und nicht ständig drüber nach, was nicht funktioniert“, mahnte er mich und sein Tonfall gefiel mir gar nicht.

„Nur weil ich weine, heißt das nicht, dass ich traurig bin. Ich weine, weil ich merke, wie das Gefühl, missverstanden zu werden, schmerzende Erinnerungen hochholt. Ich gebe mir jetzt in diesem Moment Raum für meine Empfindungen. Wieso gehst du davon aus, dass ich den ganzen Tag heulen werde? Ich lasse bereits in diesem Moment los, indem ich all meinen Emotionen erlaube zu fließen."

„Wenn de meinst … Könntest dir auch einfach eingestehn, dass de was falsch gemacht hast, statt so 'ne Heulsuse zu sein. Ich weiß nicht, was ich tun soll, um dich glücklich zu machen."

Puh … Ich seufzte. *Es ist doch nicht seine Aufgabe mich glücklich zu machen. Und wer sagt denn überhaupt, dass ich unglücklich bin? Ich weine doch nur, weil ich es in diesem Moment fühle. Der wird mich niemals verstehen … Egal, was ich sagen werde.*

„Ich glaube, wir erreichen einander mit unseren Worten gerade nicht."

„Weißte was?! Dann geh doch allein weiter!" Damit wandte er sich ab und ließ mich tatsächlich einfach zurück.

Nachdem ich ihm eine Weile perplex hinterhergesehen hatte, ging ich notgedrungen allein den Weg entlang und … spürte plötzlich eine Erleichterung. Da war wieder das Gefühl von Freiheit und innerer Zufriedenheit, obwohl ich nicht wusste, wohin ich gehen sollte. Um mich herum war es angenehm ruhig, bis ich ein leises Summen hörte. Ich konnte keine richtigen Worte verstehen, wusste auch nicht, wo das Geräusch genau herkam. Es wurde mal lauter, mal leiser, und dann flog irgendetwas in mein Ohr. Ich versuchte es mit der Pfote zu verscheuchen, doch es kam immer wieder an mein Ohr geflogen. *Boah, was ist das?! Wie nervig!* Es hörte einfach nicht auf. Ich wollte hier doch nur entspannt entlangspazieren.

Summ … Summ …

„Was zur Hölle willst du von mir?!", schrie ich und erwischte dieses Mal etwas mit meiner Pfote. Ich schaute zur Seite und sah eine kleine Libelle auf dem Boden liegen.

Sie bewegte sich nicht.

O nein, war ich das etwa? Habe ich ihre Flügel kaputtgemacht? „O mein Gott, das tut mir so leid! Das wollte ich nicht."

Die kleine Libelle öffnete die Augen und lächelte. Sie schüttelte sich kurz und flog dann hoch vor mein Gesicht. *Zum Glück. Es war alles gut.* Ich war erleichtert. „Es tut mir wirklich leid, meine Wut an dir auszulassen. Das hatte nichts mit dir zu tun. Ich wollte dich nicht verletzen. Ich wollte *niemanden* verletzen."

Sie summte wieder etwas, das ich nicht verstand. Das war wohl einfach ihre Art der Kommunikation. *Vielleicht will sie Hallo sagen* … Jetzt fühlte ich mich noch schlechter. Ich hatte das Geräusch als etwas Nerviges gedeutet, hatte die Libelle missverstanden, was nur zu ungewollten Verletzungen geführt hatte. *Ich sollte meine Gefühle doch wieder einsperren. Hat bis jetzt ja nicht so super geklappt sie einfach rauszulassen.*

Sie sah mich an und bewegte sich etwas weiter abseits den Weg entlang.

„Soll ich dir etwa folgen?", fragte ich. Das kleine Tier wirbelte einmal im Kreis herum, wobei sein Ton lauter wurde.

Das bedeutet wohl Ja. Also folgte ich der Libelle, ohne zu wissen, was mich erwartete.

Sie führte mich zu einem kleinen, vom Hauptweg abführenden Pfad. *Hm, ist das vielleicht der geheime Weg, der mich zur Eule führt? Die Abkürzung, die mich schneller an mein Ziel bringt?* Ein aufgeregtes Kribbeln machte sich in mir breit, wobei ich nicht genau sagen konnte, ob vor Aufregung, weil ich auf dem schnellsten Weg zur Eule war, oder weil diese Abkürzung doch nicht so ganz sicher war? *Ach, egal. Hauptsache ich komme schneller an mein Ziel.*

KAPITEL 7

WARUM EIN REGENBOGEN?

Schließlich endete der Pfad an einigen Büschen, durch die ich zurück in den Verwunschenen Wald kam. Oder war ich hier ganz woanders? Er sah nicht aus wie unser zu Hause, aber zugegeben, der Verwunschene Wald war riesig – ich war selbst noch nicht überall gewesen. Komisch … Obwohl es nicht einmal weit weg von zu Hause war, zog es mich eher weiter weg.

Großmutter hatte mir mal erzählt, dass es im Verwunschenen Wald einen magischen Brunnen gebe, der alle Wünsche, die man sich nur vorstellen könne, erfülle. Ich hatte ihn aber nie suchen dürfen, weil Großvater die Geschichte für Schwachsinn gehalten hatte. Dennoch hatte es mich immer dahin gezogen. Gerade hatte ich das Gefühl, in der Nähe dieses Brunnens zu sein. *Wie cool wäre es, wenn ich meinen Wunsch einfach ins Universum schicken könnte und er in Erfüllung gehen würde. Einfach so, ohne etwas dafür zu tun.*Und wie der Zufall es so wollte, stand ich vor ihm und blickte direkt darauf. Kaum zu fassen! Ich war nun wirklich da.

Nur wusste ich gar nicht so genau, wie ich mein Anliegen abschicken sollte. Angestrengt erinnerte ich mich daran, was Großmutter erzählt hatte. Man solle seinen Wunsch aufschreiben, das Blatt dann in den Wunschbrunnen werfen und sich dabei vorstellen, dass er schon wahr geworden sei. *Hm … Aber was sollte ich denn nur manifestieren? Ist es auch möglich, mehrere hineinzuwerfen? Nein, nein, nein! Liora, beherrsch dich! Du willst doch nicht gierig wirken. Einer reicht und dann schauen wir weiter. Ah, ich weiß, was ich mir wünsche, aber ist das möglich?* Ich traute mich gar nicht so recht, es in Worte zu fassen. Gut, ich musste ihn ja nur aufschreiben, und so schrieb ich: „*Meine Bestimmung leben*“, und warf den Wunsch in den Brunnen.

Dann versuchte ich mir vorzustellen, wie er in Erfüllung gehen würde, nur wusste ich nicht so recht, wie das aussehen könnte. Letztlich entschied ich mich für eine Welt, in der jeder seine Talente und Gaben frei ausleben konnte, ohne in eine bestimmte Rolle gedrängt zu werden. Eine Welt, in der das Miteinander gefördert wurde, frei von Erwartungen und starren Regeln. Eine Welt, in der ein Inspirationsaustausch stattfindet, der gemeinsames Wachstum ermöglicht. Eine Welt, in der jeder stetig etwas Neues über sich und andere dazulernt und jeder in seiner vollkommenen Kraft aufblühen kann.

Neben mir bemerkte ich einen kleinen Kobold. Er war wohl auch dabei, sich etwas zu wünschen. Ich spickte auf sein Blatt: *„Einen Regenbogen"*.

Er warf es in den Brunnen und plötzlich fing es an zu regnen. Der Kobold lachte, tanzte und sprang vor Freude im Kreis herum. *So ein Mist. Der Himmel war doch eben noch nicht einmal bewölkt. Wo kommt das denn jetzt auf einmal her?!* Ich verstand die Welt nicht mehr. Und wieso freute er sich über die herabprasselnden Wassertropfen? Der Kobold bemerkte mich und nahm mich mit in seinen Freudentanz.

„War das dein Wunsch?", fragte ich ihn und tat unwissend.

„Ja! Herrlich, nicht?!" Er jubelte und hörte gar nicht mehr auf zu tanzen. Dann entdeckte er meinen irritierten Gesichtsausdruck und erklärte mir: „Ich habe mir eigentlich einen Regenbogen gewünscht. Doch damit dieser entstehen kann, braucht es die Kombination aus Regen und Sonnenschein. Erst wenn der Regen aufhört, scheint die Sonne. Für dieses Szenario muss es aber eben erst einmal regnen. So oft im Leben wünschen wir uns das Gute und vergessen, dass das Gute erst zum Vorschein kommt, wenn wir etwas Negatives erlebt haben. Der Regen steht symbolisch für all die negativen Erfahrungen, die wir durchleben, bevor alles wieder gut ist. Genau das ist das

Wechselspiel der Polaritäten, das uns im gesamten Universum begegnet. Das Wechselspiel zwischen den hellen und den dunklen Momenten. Die regnerischen Tage, die sich manchmal lang und schmerzhaft anfühlen, und die sonnigen Tage, an denen du die ganze Welt umarmen möchtest. Statt die negativen Momente zu verurteilen, tanze doch lieber im Regen. Was wäre, wenn jeden Tag die Sonne scheinen würde? Wir würden ihre Schönheit nicht mehr wertschätzen und ein Ungleichgewicht würde entstehen. Finde die Balance zwischen den beiden Extremen der Polarität."

Okay, mir war bewusst, dass nicht alles im Leben nur Sonnenschein war, sondern es auch dazugehörte, wenn es einmal regnerische, stürmische oder sogar ganz neutrale Tage gab. Aber was genau hatte das denn mit meiner aktuellen Situation zu tun?

„Warum hast du dir denn einen Regenbogen gewünscht?", forschte ich neugierig nach.

„Wenn dieser bunte Bogen am Himmel erscheint, ist das die Brücke, die mich zum Topf voller Gold bringt."

„Warum hast du dir dann nicht gleich den Topf voller Gold aufgeschrieben?"

„Der Wunschbrunnen erfüllt nur Wünsche, die von Herzen kommen. Ein Goldtopf wäre egoistisch. Was hätte ich auch davon, wenn der Goldtopf sofort hier wäre?"

Wenn er den Goldtopf in seinen Händen halten würde, hätte er doch alles, was er sich erträumt hätte. Warum es so kompliziert machen?

„Der Goldtopf ist nicht mein wahres Ziel. Es geht um die einzelnen Schritte, die uns zum Ziel führen. Viel zu oft wollen wir das, was uns am Ende erwartet. Das Ergebnis. Am besten sofort, nur um die unangenehmen Schritte zu überspringen, die der Weg dorthin mit sich bringt." Oh … Ich fühlte mich etwas ertappt.

„Wäre der Goldtopf sofort hier, könnte ich die Schönheit des Regenbogens nicht wahrnehmen. Ich könnte die Schönheit des Regens nicht genießen. Der Boden von Mutter Erde erhält durch das herunterfallende Wasser viele Nährstoffe, um prächtig zu wachsen. All die Tiere hier im Verwunschenen Wald können sich ausruhen und ihre Kräfte sammeln, bevor mit der Sonne die aktive Zeit wieder startet. So viel Wundervolles liegt auf dem Weg. Es gibt so vieles zu lernen und wertzuschätzen – all das würde dir entgehen, würdest du die Abkürzung nehmen."

„Siehst du, die Schönheit liegt in jedem Moment deines Lebens", hörte ich wieder diese eine sanfte Stimme in meinem Kopf erklingen.

Das habe ich doch schon einmal gehört … Ist das gerade so etwas wie ein Déjà-vu?

„Siehst du die Wolken? Sie wirken so schwerelos und leicht. Sie ziehen einfach fort. Wenn sie dunkel werden, dann lassen sie ihren Tränen freien Lauf und bald schon ist alles wieder gut. Manchmal scheint direkt danach sogar die Sonne und ein Regenbogen erscheint. Dunkle Wolken halten sich nicht in der Vergangenheit auf – sie können schnell loslassen und sind eins mit dem Moment. Stelle dir vor, was passieren würde, würden sie sich an der dunklen Schwere festhalten. Dann wäre der Himmel für immer grau … Die Sonne könnte scheinen, aber sie und wundervolle, magische Dinge wie ein Regenbogen wären nicht zu sehen. Erlaubst du dir, die dunkle Schwere in dir loszulassen? Es ist nicht immer alles happy-hippo und Friede, Freude, Eierkuchen. Ganz im Gegenteil. Wieso nehmen wir uns nicht einfach ein Beispiel an den Wolken?“

„Wie macht man das denn?“

„Ganz einfach: Nimm deine vermeintlich dunklen Gedanken und Gefühle wahr, lass sie vorbeiziehen wie Wolken und einfach fließen wie Regen. So weinst du die dunkle Schwere aus deiner inneren Wolke, deiner Seele. Es ist so befreiend und heilsam, wodurch du den Raum für deinen Regenbogen öffnest und so viel Leichtigkeit schaffst.

Ich wurde nachdenklich, denn so etwas Ähnliches hatte der Schwan auch schon gesagt. Vielleicht war da ja etwas dran, wenn es so oft erzählt wurde.

„Und was hast du dir gewünscht?“, fragte der Kobold.

Ich zögerte. *Bringt es nicht Unglück, wenn man seine Wünsche verrät, bevor sie schon wahr geworden sind?*

Er schien meine Bedenken zu erraten. „Ach, weißt du, im Grunde ist es egal, Hauptsache es war ein Wunsch reinen Herzens. Dabei sind nur zwei Dinge wichtig: Die Reinheit und das Vertrauen. Vertraue darauf, wie er in Erfüllung geht und wirklich wahr wird.“

„Wie?! Ich soll einfach nur warten?“, platzte es aus mir heraus.

„Vertrauen ist nicht gleich Warten. Vertrauen bedeutet, den Wunsch loszulassen und nicht die ganze Zeit darüber nachzudenken. Du ziehst weiter – wie die Wolken. Wenn du wartest, stagniert dein Leben. Bleib im Fluss, lass dich treiben und vertrau darauf, genau an die richtige Stelle gebracht zu werden."

KAPITEL 8

SO KOMM ICH DOCH NIE ANS ZIEL

Es wurde langsam dunkel. Ich spazierte eine Weile zwischen den Bäumen des Waldes und entdeckte in der Ferne eine kleine Hütte. Plötzlich wurde ich richtig aufgeregt. Was, wenn ich dort auf die Eule treffen und meine Bestimmung erfahren würde? Ich wusste, sie sollte auf dem Herzberg zu finden sein. Aber was wenn nicht? Wenn sie ihr Versteck verändert hat? Würde der Wunsch wirklich so schnell in Erfüllung gehen? *Wieso nicht? Beim Kobold hat es ja auch sofort geklappt. Ich freu mich so! Endlich!* Ich raste los und mein Herzschlag wurde schneller – dieses Mal wirklich vor Aufregung und Vorfreude.

Und schließlich stand ich da: direkt vor einem Baumhaus mitten in einem etwas gruseligen Wald. Sollte ich klopfen? Was, wenn ich stören würde? Lieber nicht klopfen? Da Licht brannte, beschloss ich, erst mal kurz durch das Fenster zu spicken, um herauszufinden, wer wohl in diesem Baumhaus wohnte.

Ich schaute hinein und sah … den Fuchs. *O nein! Warum?! Wieso ausgerechnet er?* Sollte ich um Einlass bitten oder lieber nicht? Was sagte meine Großmutter immer? Dass alles aus einem bestimmten Grund geschieht. *Also mal schauen, was der Grund dafür ist, weswegen ich hierhergeführt wurde.*

Ich fasste all meinen Mut zusammen und klopfte an die Tür. Der Fuchs öffnete grinsend, als hätte er mich erwartet. „Na? Haste mich vermisst?"

Ich zögerte und er hakte nach: „Willste jetzt vor meiner Tür Wurzeln schlagen, oder was?!"

Nein, wollte ich nicht. Also Wurzeln schlagen. Aber reingehen auch nicht. Nach weiteren drei Sekunden ohne Antwort meinerseits, motzte er: „Is mir auch egal – dann bleibste halt draußen!", und knallte mir die Tür vor der Nase zu.

Woah, er machte mich so wütend! *Okay, und jetzt?* Es war zwar schon dunkel, aber noch nicht so, dass ich nicht hätte weitergehen können. Aber ich hatte ganz schön Hunger, und Beerensträucher hätte ich erst suchen müssen. Bis dahin wäre es dann wohl doch zu spät, um noch genug zu erkennen … Ich schaute nach oben und … *Nein, das kann doch jetzt nicht wahr sein!* Es fing an zu tröpfeln, dann Donnergrollen und Blitzen. Es dauerte nicht lange, dann prasselte es sehr schnell und doll. Wassertropfen prasselten auf meinen Körper, perlten erst noch von meinem Fell ab, aber durchweichten mich dann doch – bis ich schließlich klatschnass war. Es wurde immer dunkler, es schien als wäre das gerade erst der Anfang eines tobenden Unwetters. *Das kann doch echt nicht wahr sein …* Es wurde windig, das Gewitter wurde heftiger. Die Äste der Bäume klatschten schon an die Hütte. *Wieso passiert so was immer nur mir?*

Ich bemerkte, wie mir Tränen in die Augen stiegen und zusammen als Einheit mit dem Regenwasser über mein Gesicht liefen. Ich wusste nicht weiter. *Wie soll ich denn bei so einem gewaltigen Unwetter weiterreisen?!* Es stürmte mittlerweile so stark, ich hatte schon die Befürchtung, jeden Augenblick wegzufliegen. Also blieb ich einfach im Gewitter sitzen und weinte. Ich umarmte mich und schaute auf den Boden, wusste nicht weiter. Was sollte ich tun? Ich wollte weitergehen, ja, aber ich auch nicht direkt am ersten Abend meiner Reise sterben. *Es war nicht einmal vorgesehen, eine Pause einzulegen, sondern direkt weiterzugehen … Und jetzt muss ich warten. Statt einen Schritt nach vorn, mache ich zwei Schritte zurück. Stagnation – im wahrsten Sinne des Wortes – wie sie mich aufhielt. So komm ich doch nie ans Ziel. Und wo ist dieses Ziel überhaupt? Die Eule kann ja sonst wo sein.*

„Was, wenn alles aus einem bestimmten Grund geschieht? Wenn du genau in diesem Moment genau hier sein sollst? Was, wenn alles, was du brauchst, genau hier ist?“, hörte ich die sanfte Stimme sagen.

Großmutter? Ich sah wieder auf, aber da war niemand. Ich ließ die Worte einen kurzen Moment nachwirken. *Quatsch … Wieso sollte ich genau hier richtig sein? Was war passiert, seit ich den Fuchs kennengelernt hatte?* Ich hatte von Anfang an ein komisches Gefühl gehabt. Doch er redete mir die gemeinsame Reise so schmackhaft und konnte mich überzeugen mitzugehen. Und dann war da die Sache mit der Biene gewesen.

Moment mal … Ist das *der Grund, warum ich hier bin? Damit ich eine Pause und nicht wie die Biene stur immer weitermache? Damit ich einen sicheren Platz zum Schlafen bekomme und sicher bin vor dem Unwetter? Ach, nein, das ist alles nur ein blöder Zufall.*

„Es gibt keine Zufälle", hallten Großmutters Worte in meinem Ohr. *Na ja, was solls …?* Und so holte ich noch mal tief Luft, wischte meine Tränen weg und nahm erneut meinen ganzen Mut zusammen, um noch einmal an die Tür des Fuchses zu klopfen.

„Haste geweint? Deine Augen sind irgendwie rot."

„Ähm … Nein? Es … es hat geregnet. Also es regnet immer noch. Falls es dir nicht aufgefallen ist."

Der Fuchs verdrehte die Augen und ließ mich ein paar Sekunden zappeln. Meine hochgezogenen Augenbrauen sollten ihm meine Erwartung auf eine Einladung signalisieren. Es war nämlich ganz schön kalt hier draußen mit nassem Fell zu stehen. Netterweise bat er mich gleich darauf tatsächlich herein und zeigte auf eine Decke vor dem Kamin. „Da kannste hin."

Es war so angenehm warm und ich spürte, wie auch mein Fell langsam trocknete. Das Feuer knisterte – das Licht, das ich vorhin von draußen gesehen und das mich hierhergelockt hatte, stammte vom Kamin. Es roch belebend hier drin. War das Pfefferminze? *Vielleicht hat er Tee gekocht* … Und da kam er auch schon mit zwei dampfenden Tassen aus seiner Küche. „Damit du auch von innen gewärmt wirst", sagte er und reichte mir eine. Ich schaute hinein, nahm einen tiefen Atemzug. Ich hatte recht gehabt: frisch aufgebrühter Kräutertee. Nach nur einem Schluck nahm ich wahr, wie meine Lebensenergie zurückkehrte. Ich schaute mich um und erst in diesem Moment realisierte ich, dass ich mein Rudel wirklich verlassen hatte. Ich war auf der Reise und rastete gerade wirklich irgendwo im Verwunschenen Wald – genauer gesagt in der Hütte des unfreundlichen Fuchses.

„Kannst die Nacht hierbleiben, wenn de willst. Na ja … woanders hin könnteste ja auch nicht." Da zeigte der unfreundliche Fuchs doch eine freundliche Seite – zumindest war er doch so freundlich, mir einen Platz zum Schlafen anzubieten.

Das verwirrte mich. Mal war er richtig nett und dann wieder besonders arrogant. *Wie er wohl wirklich ist? Vielleicht sollte ich mich bei ihm entschuldigen …? Ich war ja auch nicht sonderlich freundlich zu ihm – sogar von Anfang an. Dabei wollte er nur wissen, warum ich nach der Eule gefragt habe.* Aber dann fiel mir wieder das komische Gefühl ein, das ich hatte. Ich konnte es immer noch nicht richtig beschreiben. Es hatte sich einfach nicht richtig angefühlt, seine Frage zu beantworten. Ich schaute zu ihm rüber. Er stand wieder in der Küche und werkelte dort herum. Nun kehrte er zu mir zurück, setzte sich zu mir und nahm seine Tasse vom Kaminsims. „Cheers!“, sagte er und hob die Tasse, während er mich ansah.

Ich tat es ihm gleich. *Soll ich mich entschuldigen oder lass ich es einfach gut sein? An sich habe ich ja nichts falsch gemacht. Also – warum sollte ich mich dann entschuldigen?! Nein, ich sollte da gar nicht weiter drauf eingehen.*

„Ist irgendwas?“, fragte er mit einem leicht aggressiven Unterton.

Oh, mein Gesichtsausdruck sah wohl ein bisschen komisch aus. Ich hatte ihn eine Weile angestarrt, ohne etwas zu sagen.

„Weißt du … wegen der Eule. Es ist wichtig für mich, sie zu finden. Ich habe gehört, sie würde oben auf dem Berg leben, aber keiner habe sie jemals gefunden. Ich weiß nicht einmal, ob es sie überhaupt wirklich gibt. Du hältst mich bestimmt für verrückt.“

Er schüttelte den Kopf. „Nee. Aber weißte … Kann dir doch egal sein, was andere über dich denken. Davon geht die Welt nicht unter.“

„Weißt du denn Genaueres über die Eule?“

„Die soll sich inner Höhle aufm großen Herzberg verstecken. Hab ich zumindest so gehört. Also lagst du fast richtig. Wieso willste denn eigentlich zu der?“

„Das klingt vielleicht verrückt, aber ich habe sie im Traum gesehen. Ich glaube, sie kann mir Antworten geben. Über mich. Über den Sinn meines Lebens. Warum ich hier auf der Erde bin. Ich suche schon so lange nach Antworten, und jetzt gibt es ein Wesen, das mir diese Antworten wirklich geben kann. Deshalb suche ich sie."

„Verstehe. Und hast ja auch 'ne Karte, ne? Zeigste se mir mal?" Er schien neugierig und doch interessiert zu sein.

„Klar. Es ist ein Geschenk meiner Großmutter. Ich kann sie jedoch nur schwer entschlüsseln. Die Symbole waren nicht gerade eindeutig und ich war ja auch noch nie außerhalb unseres Reviers im Verwunschenen Wald unterwegs", stellte ich klar.

„Also, ich kenn jedes Schlupfloch, jede Abkürzung und jede Abzweigung. Es gibt nicht ma 'nen offiziellen Weg, der hier zu meiner Hütte führt. Ich habs dir ja schon ma gesagt: Ich kenn die Gegend in- und auswendig. Trotzdem … Kann ich die ma sehn? Will nur wissen, was da so draufsteht."

Soll ich sie ihm zeigen oder nicht? Ich war misstrauisch. Aber trotz schlechtem Gefühl tat ich es dann doch. „Also, das da sieht aus wie der Berg, wo die Eule sein könnte. Hier ungefähr befindet sich das Revier meines Rudels, und das alles hier ist der Verwunschene Wald, in dem wir uns befinden. Das heißt, wir müssten doch einfach nur hier an diesem komischen Symbol vorbei und dann müssten wir auch schon beim Herzberg sein, richtig?"

„Das komische Symbol da ist der Wasserfall hinterm verfluchten Fluss. Der ist wirklich verflucht, da können wir nicht vorbei. Aber ich kenn 'ne Abkürzung, die durchs Schlangenbad führt und uns direkt vor dieser Höhle rausbringt." Er zeigte auf der Karte auf mehrere Symbole.

Ich kam nicht so ganz mit. *Na ja, merken muss ich es mir ja nicht. Er kommt ja sicher mit.*

„Da gibts 'ne Seilbahn, die uns rauf zum Herzberg zieht. Aber die nehmen wir au nich. Wir gehn da lang. Das geht noch schneller. Is aber halt auch 'n bisschen gefährlicher."

„Schnell finde ich gut! Darf ich dir eine Frage stellen?"

„Klar, frag. Ich weiß alles", antwortete er wieder mit leichter Arroganz.

„Was ist der Sinn des Lebens? Warum bist du hier und *wer* bist du?"

„Das war mehr als nur eine Frage! Der Sinn des Lebens? Das weiß keiner so richtig. Jeder hat 'n andres Schicksal, das einem vorbestimmt ist. Erst wennde rausgefunden hast, was deine besondere Aufgabe is, kannste se erfüllen und tust, was dein Schicksal dir sagt. Nichts andres. Das – und *nur* das – ist der Sinn des Lebens."

Das war die erste Nacht seit langem, in der ich schnell ein- und auch durchschlief. Ich träumte von einer lilafarbenen Wiese, auf der alle Wölfe miteinander spielten – Wölfe mit ganz unterschiedlichen Fellfarben: weiß, schwarz, grau, braun, orange … Und da waren auch andere Wesen. Alle hatten Spaß und waren wirklich von Herzen glücklich. Es war egal, wie man aussah oder was man sagte. Jeder wurde so akzeptiert, wie er war – mit all seinen Ecken und Kanten. Wie schön.

KAPITEL 9

ICH BIN DU – DU BIST ICH

Am nächsten Morgen wachte ich erholt auf. Ich öffnete meine Augen und erinnerte mich wieder daran, in der Hütte des Fuchses zu sein. Ich hüpfte durch das Wohnzimmer und sprang in die Luft. Voller Vorfreude auf den Tag, schaute ich aus dem Fenster und selbst das stürmische Wetter konnte meine Stimmung nicht kippen. *Ich habe einen Reisekumpel, der mir auch noch geheime Wege zeigt und Orte, an denen ich vorher noch nie war. Jemand, der mich wirklich versteht und nicht verurteilt.* „Guten Morgen! Bist du auch schon bereit für ein

Abenteuer?“, rief ich euphorisch und wartete erwartungsvoll auf die Antwort des Fuchses.

Keine Antwort.

„Hallooo? Guten Morgen …?!“ Etwas besorgt stand ich auf und ging die Treppe hoch in den ersten Stock, wo der Fuchs sein Schlaflager hatte. *Schläft er noch? Oder ist ihm vielleicht etwas passiert?* Doch er war gar nicht da. *Nanu …?* Ich suchte ihn weiter, auch draußen vor der Hütte, doch der Fuchs war nirgendwo zu finden und auch der kleine Reisesack, den er letztes Mal mit sich getragen hatte, war weg. Eine böse Vorahnung beschlich mich und ich durchsuchte voller Schrecken meinen Beutel. Sie sollte sich bestätigen, denn meine Karte war weg. *So ein verdammter Mistkerl! Das darf doch wohl nicht wahr sein!*

Er hatte sie einfach gestohlen und mich allein zurückgelassen. Wer wusste schon, wann er aufgebrochen war – bestimmt war er schon über alle Berge. Was sollte ich nun tun? Ich kannte diese Gegend doch gar nicht. Wie hatte ich ihm nur vertrauen können?!

Immer siehst du nur das Gute im Gegenüber! Das hast du jetzt davon, blind zu vertrauen. Du wirst immer wieder enttäuscht!“, warf ich mir weinend vor.

„Du weißt doch: Alles geschieht aus einem bestimmten Grund.“ Da war sie wieder, die sanfte Stimme – und mit ihr der zarte Duft von Lavendel.

„Aber was für ein Grund soll das denn sein?!“, fragte ich in die Leere in der Hoffnung, dennoch eine Antwort zu bekommen. Ich wartete.

Stille.

Ich hatte schon bei der ersten Begegnung mit dem Fuchs ein komisches Gefühl gehabt, hatte es aber nicht einordnen können. *Ich hätte darauf hören sollen! Wieso habe ich ihm noch einmal vertraut?! Wofür soll das gut gewesen sein? Damit ich enttäuscht werde und hier zurückbleibe?* Ich fühlte mich so einsam … verlassen und betrogen. Wie in dem Moment, als ich nach dem Neumondritual von meinen Freunden ausgelacht worden und zum See gerannt war. Die Leere … Sie schien mich innerlich zu zerreißen. *Was muss passieren, damit ich mich ganz und vollkommen fühle? Was braucht es, um ganz zu sein? Wie fühlt es sich überhaupt an, ganz zu sein?* Meine Gedanken kreisten, ich ging komplett auf in meinem Elend. *Keiner versteht mich so richtig. Da öffne ich mich einmal und werde sofort enttäuscht – ich sollte mich nicht mehr öffnen, meine Emotionen verstecken, weil ich sonst immer wieder so zusammenbräche wie jetzt gerade … Aber es muss doch raus! Wenn ich meine Gefühle immer in mich hineinfresse, zerfressen sie am Ende mich; von innen heraus.*

Ich glaubte, dass mein Leben einfach an mir vorbeizog und ich nur von außen beobachtete, was passierte – ohne Empfindungen, ohne Reaktion. Ich wollte gar nicht mehr in dieser materiellen Welt leben, sondern lieber an einen Ort gehen, an dem es schöner war. Ein Ort mit mehr Licht, an dem man sich mit den wirklich wichtigen Dingen auseinandersetzte, statt über Belangloses zu diskutieren. *Ja … wo ist dieser Ort nur?*

Ich fragte mich, wofür ich kämpfen sollte, wenn ich sowieso nie mit Respekt behandelt wurde. Oder musste ich mir erst mal den Respekt erkämpfen? Sollte Respekt nicht Grundvoraussetzung für jede Art von Beziehung sein? Woher sollte ich wissen, wann ich einer Sache nachgehen und wann ich etwas aufgeben sollte? Woher sollte ich wissen, was richtig und was falsch war? Ich hatte keinen Anhaltspunkt, hatte das Gefühl, irgendwie immer alles falsch zu machen. *Deshalb verliere ich alle Wesen, von denen ich dachte, sie würden mir guttun. Deshalb bin ich am Ende immer allein. Hätte ich einfach zu Hause bleiben und gar nicht erst losgehen sollen?* Ich schloss die Augen und wollte die Zeit zurückdrehen; zurück zu dem Moment, in dem ich noch zu Hause gewesen war … unterwegs mit Großvater. Als noch alles gut war und ich glücklich … vermeintlich glücklich in einem unglücklichen Leben.

„Du kannst aus jeder Situation etwas lernen." Wieder einmal die sanfte Stimme.

Komischerweise war sie lauter, wenn ich die Augen schloss, also blieben sie zu. Es roch noch stärker nach Lavendel – so beruhigend. *Wie ich es liebe.*

„Sieh das Geschenk in jedem Moment deines Lebens. Was denkst du, lehrt dich diese Situation?", fragte mich das Unbekannte.

Ich stellte eine Gegenfrage. „Wer bist du?"

Wieder Stille.

Doch die Worte wirkten in mir nach und kreisten in meinem Kopf. *Was mich diese Situation lehrt? … Dass ich niemandem vertrauen darf! Dass ich nur mir selbst vertrauen darf!* Ich war so wütend auf den Fuchs. *Wie kann er mir das nur antun?!*

„Bist du wirklich wütend auf den Fuchs?", wurde ich gefragt.

„JA! Und wie!", schrie ich und hielt dann einen Moment inne, um weiter darüber nachzudenken. Nein … Eigentlich war ich nicht wütend auf ihn, sondern auf mich selbst. Weil ich so naiv gewesen war, ihm zu trauen. Weil ich immer nur das Gute in jedem sah und immer versuchte, es allen recht zu machen. Weil aber keiner jemals daran dachte, es *mir* recht zu machen. Jetzt trage ich die Konsequenzen dafür.

Ich nahm ein paar Holzscheite und warf sie in den Kamin, bis ein Feuer entfachte. Dann rollte ich mich auf der Decke davor zusammen. Lethargisch beobachtete ich, wie die Flammen wuchsen. Ich konnte mich einfach nicht mehr bewegen. Es war als läge ein riesiger Stein auf mir und mir fehlte die Kraft, ihn von mir zu stoßen. Keine Motivation weiterzumachen. Antriebslos. Also blieb ich einfach da liegen und akzeptierte die Tatsache, dass dieser Stein mich erdrückte. Vielleicht würde er von allein verschwinden.

Alles scheint so surreal. Als wäre ich gar nicht hier, sondern irgendwo anders. Als wäre ich gefangen in einer anderen Dimension; in einer anderen Zeit, in die ich gar nicht gehöre. Stecke ich in einem fremden Körper? … Überhaupt erscheint mir alles so fremd. Ich fühlte Leere. Tiefe Leere und Traurigkeit. Eine Sehnsucht nach Verständnis. Nach Antworten. *Ich will doch nur meine Mission ausführen … Aber wenn die Mission darin besteht, auch diese leblosen Momente zu genießen, wie soll ich sie erfolgreich meistern? Irgendwie gibt es ja nichts, wofür es sich zu leben lohnt. Das macht mir keinen Spaß. Immer nur noch mehr Herausforderungen. Wann hört das endlich auf? Wann komme ich endlich an?*

Ein Klopfen riss mich aus meinen Gedanken. War das wirklich passiert oder hatte ich es mir nur eingebildet? Ich lag noch immer da, schaffte es aber zumindest, den Kopf in Richtung Haustür zu drehen. Es klopfte noch einmal. *Doch, das war echt. Eindeutig.*

„Hallo? Ist jemand zu Hause?“ Es war die sanfte Stimme!

Kraftlos, aber von Neugierde getrieben, stand ich auf und schaute durch das Küchenfenster, um zu sehen, wer da draußen war. Und ich war überrascht. Es war die schwarze Wölfin. Ich hatte sie schon einmal gesehen – am Vortag, als ich dem Fuchs zum ersten Mal begegnet war. In diesem Moment bemerkte sie mich am Fenster. „Hallo, Liora! Lässt du mich rein?“

Unsicher ging ich zur Tür, öffnete sie einen Spalt und starrte die schwarze Wölfin durch diesen an. „Woher kennst du meinen Namen?“, fragte ich misstrauisch.

„Ich bin du – du bist ich“, sagte sie.

„Was soll das bedeuten?“

„Alles geschieht aus einem Grund – das habe ich dir schon einige Male gesagt.“

Moment mal … War sie *auch die Stimme, die mich begleitete? Die ich schon so oft in meinem Kopf gehört habe? Aber … wie kann das sein?*

„Ich bin Sheela. Deine Intuition. *Deshalb* kann das sein.“

„Intu… was?“ Und hatte sie da gerade meine Gedanken gelesen?!

„Deine Intuition. Deine Herzstimme. Manchmal hörst du mich nicht, weil deine Zweifel und

Sorgen so laut sind. Weißt du, keiner im Außen wird jemals verstehen, wie du dich innerlich fühlst – genauso wenig wie du weißt, wie andere ihre Welt wahrnehmen. Du hast aufgehört, an dich zu glauben, und bist dir gar nicht bewusst, wozu du imstande bist … *wärst,* wenn du dich erinnern würdest. Ich bin hier, um dir beim Erinnern zu helfen."

„Aber *woran* soll ich mich denn erinnern?" Ich war mehr als verwirrt.

„Daran, wie du alles schaffen kannst. Der erste Schritt ist, wieder an dich zu glauben, denn wir sind hier noch nicht fertig. Du kannst doch nicht einfach bei der ersten Niederlage aufgeben, Liora! Sag mir: Warum bist du hier? Warum bist du zu dieser Reise aufgebrochen?", fragte Sheela.

„Ich war auf der Suche nach der Eule, um sie zu fragen, was der Sinn meines Lebens ist. Ich spüre diesen Ruf, diese Sehnsucht so stark. Aber – "

Sie fiel mir ins Wort. „Kein Aber! Haben wir die Eule schon gefunden? Haben wir die Eule schon nach dem Sinn unseres Lebens gefragt?"

„Ich … Nein", gab ich zu.

„Eben. Und wir geben nicht auf. Wir machen weiter, auch wenn wir denken, wir schaffen es nicht. Weißt du, es gibt nicht nur *einen* Weg. Es gibt nicht nur Schwarz oder Weiß – es gibt zahlreiche Grautöne auf der Farbpalette des Lebens. Aber, wenn du nur Schwarz oder Weiß sehen willst, dann siehst du auch nur das. Schlau ist das nicht, denn du limitierst dich damit. Was ist mit Hellgrau? Was ist mit Dunkelgrau und Anthrazit? Wir befinden uns mittendrin; zwischen Schwarz und Weiß. Verstehst du?"

Ich verstand zwar nicht so ganz, nickte aber aus Höflichkeit vorsichtig. „Aber manchmal bekommt man eben nicht das, was man will. Vielleicht soll ich meine Bestimmung einfach nicht erfahren und unwissend weiterleben. Vielleicht ist *das* ja mein Schicksal."

Die schwarze Wölfin lachte laut. „Wer hat dir das denn erzählt?! Wieso glaubst du so etwas?"

Ich zuckte mit den Schultern und erinnerte mich an die Worte meiner alten Freunde aus dem Wolfsrudel.

„Liora, ich weiß, es kommt dir schwierig vor. Vielleicht sogar unmöglich oder was dir sonst noch an lustigen Ausreden einfällt. Aber ich sage dir eins: Lass dir niemals von irgendwem sagen, du könntest etwas nicht schaffen. Lass dir niemals sagen, zu hohe Erwartungen zu haben und sie runterschrauben zu müssen. Du hast eine Vision vor Augen. Wenn du sie wirklich wahrmachen willst, schaffst du es auch. Willst du es? Wirklich?"

Ich nickte. Dieses Mal viel eifriger und mit einem fetten Grinsen im Gesicht. *Wow.* Wie sie mich motivierte gefiel mir. Das schaffte sonst nur meine Großmutter.

Sheela nickte zufrieden. „Also gut, dann lass uns gehen. Wäre doch gelacht … Wir finden die Eule auch ohne Karte. Wir finden den Sinn unseres Lebens." Die schwarze Wölfin sprang fröhlich im Kreis.

„Und wie sollen wir das nun ohne Karte machen?" Meine Stimmung brach wieder ein. „Ach komm, das ist doch absolut scheiße. Nein, es wird nicht funktionieren. Wir brauchen eine neue Karte."

Die schwarze Wölfin lachte wieder. „Liora, warum siehst du nur das, was nicht klappt? Schau doch mal auf das, was schon da ist. Was können wir daraus lernen, die Karte nicht mehr zu haben?" Sie sah mich erwartungsvoll an.

O Mann … Also so langsam regte sie mich doch etwas auf. Ich zuckte nur mit den Schultern und verdrehte die Augen. Dann packte ich meinen Beutel, um weiterzureisen.

„Tja, ich werde es dir auch nicht verraten. Du wirst schon von allein darauf kommen. Das wird ein Spaß!", versicherte sie mir und tänzelte um mich herum.

Also irgendwie war es schöner, als ich sie noch nicht sah …

KAPITEL 10

IN DER RUHE LIEGT DIE FÜLLE

Sheela und ich nahmen aus der Hütte des Fuchses noch Proviant mit – etwas Positives, das ich aus dieser Situation lernte. Ich war hochmotiviert. Es musste jetzt weitergehen. An meiner Seite war eine neue Reisebegleitung: Sheela, die schwarze Wölfin. Mein Verstand glaubte nur das, was ich sah. Jetzt sah ich sie zwar – meine Intuition –, doch mein Verstand traute der ganzen Sache immer noch nicht. Wie konnte sie mich leiten und ich mich vollkommen auf mein Gefühl verlassen, wenn es nicht logisch war? Manchmal sagte sie nichts, manchmal etwas – und dann noch in kryptischen Sätzen, die ich nicht verstand. Glückskeksweisheiten.

Als wir am Rand des Verwunschenen Waldes ankamen, hörte ich das Rauschen eines Wasserfalls. *Was hat der Fuchs noch mal über den Wasserfall gesagt …? Sollte ich zu ihm oder ihn meiden? Ach, Mist … Er hätte so viele Abkürzungen gekannt – die kann ich jetzt alle nicht nehmen. Stattdessen muss ich auf dem Weg bleiben.* Zum Glück war das alles ausgeschildert.

„Zum Wasserfall gehts da entlang!“, rief Sheela und zeigte mit ihrer Pfote nach links.

Wir bewegten uns ein Stück am Fluss entlang, hüpften über kleinere Felsen, bis die schwarze Wölfin plötzlich stehen blieb. „Wow, was für ein wunderschöner Fluss. So frisches und sauberes Wasser! Wir sollten uns eine Erfrischung gönnen. Meinst du nicht? Lass uns eine Pause machen und diesen Moment genießen“, sagte sie und sprang auch schon ins Wasser. Sie schwamm ein paar Züge und ließ sich dann, in den Himmel schauend, auf dem Rücken treiben.

Ich folgte ihrem Blick nach oben – neugierig, was es dort Großartiges zu begutachten gab. Doch da war nichts zu sehen, außer ein paar Wolken. Was zur Hölle war in sie gefahren? Wir waren doch gerade erst losgegangen – wie konnte sie jetzt schon eine Pause machen wollen? Ich schüttelte nur den Kopf und suchte einen Weg, um über den Fluss zu kommen. Ich wusste nicht, wonach ich genau suchte – vielleicht eine Brücke. Irgendetwas. Aber einfach hier herumstehen konnte ich nicht.

Ich erforschte, was sich um mich herum befand und entdeckte orangefarbene Blumen. Die Farben leuchteten wunderschön. Als ich an einer von ihnen schnupperte, hörte ich auf einmal ein leises Winseln. Ich schaute zu Sheela im Fluss. *Nein, das kam auf keinen Fall von ihr.* Sie schwamm jetzt in ihrer übertriebenen Freude im Wasser herum und ging dann wieder dazu über, sich auf dem Rücken treiben zu lassen. Ich widmete mich wieder der Blume und da bemerkte ich sie erst: eine kleine Raupe. Sie weinte.

„Hey, du, hallo! Was ist passiert?“, fragte ich.

„Ich bin allein und traurig. All meine Freunde haben mich verlassen. Ich weiß nicht einmal, warum. Vermutlich bin ich es nicht einmal wert, mit dir zu sprechen.“

So etwas Ähnliches hatte ich im Wolfsrudel auch schon erlebt, daher konnte ich mich sehr gut in ihre Lage hineinversetzen. Die anderen dort haben mich verurteilt, meine Träume und Visionen abgewertet und mich nie wirklich akzeptiert – das hatten sie mir bei unserem letzten Neumondfest noch einmal gezeigt. Sie fanden mich komisch … Leider nicht auf eine lustige, sondern eher merkwürdige Art und Weise. Als ich sie fragte, was der Sinn des Lebens sei, lachten sie mich aus und sagten, es sei Geld zu verdienen, eine Familie zu gründen und für diese zu sorgen – das wisse doch jeder. Es war nicht ihre wirkliche Sicht der Dinge, sondern die, die sie von ihren Eltern übernommen hatten. Und so hatte ich wieder und wieder gefragt. Irgendwann fanden sie mich dann nervig. Weil ich so vieles hinterfragte, statt zu tun, was alle taten.

Das war so unangenehm – doch ich sollte vermutlich genau diese Erfahrung machen, um den Mut zu finden, meinen eigenen Weg zu gehen. Diese innere Stärke wollte ich der Raupe mit auf dem Weg geben.

„Weißt du, liebe Raupe, ich verstehe dich. Aber alles, was uns passiert, geschieht aus einem bestimmten Grund. Wenn wir anderen gegenüber auf Ablehnung stoßen, ist der tiefere Grund vielleicht der, zu lernen, uns so zu zeigen, wie wir wirklich sind. Mir ging es mal genau wie dir und ich habe mich damals nicht so gezeigt, wie ich war. Einen Teil meiner selbst habe ich immer aus Angst, nicht gemocht zu werden, versteckt. Und trotzdem bekam ich von ihnen nicht die Aufmerksamkeit und Anerkennung, die ich mir gewünscht hatte. Ich sehe dich, kleine Raupe. Ich sehe dich so, wie du bist, und du bist wunderschön. Und weißt du was? Du wirst sogar noch schöner, wenn du dich zeigst."

„Ach … du weißt doch gar nicht, wie es mir geht. Bei dir ist alles so einfach, weil du ein Wolf bist und damit viel größer als ich. Du kannst dich verteidigen mit deinen Pfoten und Zähnen. Du kannst wegrennen, so schnell und so weit du willst. Ich aber nicht. Ich bin nur eine kleine Raupe. Ich krieche vor mich hin und komme nicht vom Fleck. Ich werde von anderen ausgelacht, weil ich nicht schnell genug bin. Ich will das alles nicht mehr hören! Alles im Außen ist gerade zu viel: zu viele Eindrücke. Zu viele Meinungen. Zu vieles, was mir die Sinne vernebelt und mich nicht klar denken lässt. Ich weiß nicht mehr, wer ich bin und wer ich überhaupt sein will, sehne mich nach Stille. Nach Ruhe. Ich will nur allein für mich sein. Bitte lass mich in Ruhe. Ich will niemanden mehr sehen, mit niemandem sprechen. Ich muss mich erst einmal selbst wiederfinden." Damit hüllte sich die kleine Raupe in einen Kokon und ich blieb verwirrt zurück.

Ist das gerade wirklich passiert? O Mann, wenn die wüsste, was für ein Erlebnis ich mit dem Fuchs hatte. Schade ... Sie war so in ihrem Selbstmitleid gefangen, dass sie gar nicht richtig verstanden hat, was ich ihr sagen wollte. Ich sah den Kokon ratlos an. Na gut, dann respektierte ich ihren Wunsch eben und störte sie nicht weiter.

„Liora, wo bist duuu? Komm doch ins Wasser! Es ist sooo unglaublich schön hier drin!", hörte ich Sheela rufen.

Auf dem Weg zu ihr merkte ich, wie schwer sich mein Körper auf einmal anfühlte. Ich biss die Zähne zusammen, bis mir mein Unterkiefer wehtat, und schleppte mich zum Flussufer. Sheela winkte mich zu sich, aber ich lächelte sie nur verkrampft an und sagte: „Lass uns weitergehen. Wir sind doch gerade erst los und noch am Anfang unseres Weges – da können wir uns doch nicht schon ausruhen. Wir wissen ja nicht mal, wie lange wir brauchen, um die Eule zu finden. Das kann mehrere Tage oder sogar Wochen dauern!"

Sie schwamm mit einem Grinsen auf den Lippen näher zu mir ans Ufer. „In der Ruhe liegt die Fülle."

„Dieses Sprichwort gibt es nicht."

„Ach komm schon, Liora! Was hast du denn zu verlieren?"

Hm … Sie hat ja eigentlich schon recht. Ich habe gar nichts zu verlieren. Na gut, ein paar Minuten sind in Ordnung. Dann können wir immer noch weitergehen. „Aber nur kurz und dann gehen wir weiter, ja?"

„Ein paar Minuten jeden Tag reichen schon aus, glaub mir."

O Gott, regen mich diese Glückskeksweisheiten auf … Aber ich spürte auch, wie erschöpft mein Körper war. Ich war müde, brauchte Ruhe und doch wollte ich mir keine Pause gönnen. Es wäre nur wertvolle Zeit, die verloren ging, wenn ich nichts tat und nicht vorankam. Aber okay, meistens hatte ich ja wirklich viel mehr Energie und schaffte in der Regel auch mehr, wenn ich fit und ausgeruht war. So zwang ich mich ins Wasser, damit wir danach endlich weitergehen konnten. Rücklings trieb ich im Wasser und es war tatsächlich unglaublich beruhigend und angenehm warm. Die Sonnenstrahlen fielen auf mein Gesicht und alles fühlte sich so leicht und unbeschwert an. Sorglos und frei von den Verpflichtungen, die ich zu Hause hatte. Ich schloss meine Augen, genoss die Sorglosigkeit und vergaß sogar meinen Drang zum Aufbruch.

„Wenn wir uns Zeit nehmen, ruhig zu sein, die Stille zu genießen … diesen Augenblick zu genießen, dann erkennen wir die Fülle. Weißt du, was Fülle bedeutet?"

Ich sagte nichts. Sie würde es mir bestimmt sowieso gleich erklären.

„Fülle ist all das, was das Leben lebendig macht. Fülle ist, jeden einzelnen Moment im Leben zu genießen – nicht nur die besonders schönen, sondern auch die, die absolut unangenehm sind und ganz besonders auch die, die völlig durchschnittlich erscheinen. All jene Situationen sind es wert, geschätzt zu werden. Daran will ich dich erinnern, Liora: das Leben zu leben. Nicht irgendwo anzukommen, damit dir jemand sagt, wie du es zu leben hast. Das Leben findet genau im Hier und Jetzt statt. Das ist die Bedeutung von ‚In der Ruhe liegt die Fülle'."

Das mit den guten und schlechten Erfahrungen höre ich jetzt schon zum dritten Mal. Wieso erzählen mir das denn alle?! „Also bedeutet eine Pause zu machen, nichts zu tun?"

„Nichtstun bedeutet nichts zu tun. Gar nichts zu tun und gerade dadurch etwas zu tun."

„Wie kann man etwas tun und gleichzeitig nichts tun?"

„Nichts tun, sondern einfach sein. Nichts machen. Nur atmen … und sein. Und das reicht vollkommen aus. Zu atmen ist ein Geschenk. Zu leben ist ein Geschenk. Sein zu dürfen ist ein Geschenk. Doch können wir diese Geschenke nicht genießen, wenn wir dann doch etwas tun. Manchmal kommen zum Beispiel Gedanken wie: ‚Aber, ich muss noch …' Nein! Du musst gar nichts! Nur im Hier und Jetzt im Wasser treiben und atmen."

Ich verstand ganz genau, was sie meinte, und ihre Worte berührten mich. Vielleicht auch, weil ich ihr das allererste Mal so richtig zugehört hatte. Und ja, sie hatte recht – ich durfte mir eine Auszeit erlauben und den Weg an sich genießen. Nur nicht zu lange. Es galt, das Ziel stets im Blick zu behalten.

„Je ruhiger du bist, desto mehr wirst du mich hören und verstehen. Wenn deine Gedanken wild kreisen, kommt das, was ich dir mitteilen will, gar nicht bei dir an. Deine Gedanken sind dann viel zu laut, Liora. Und deshalb ist es keine schlechte Idee, öfter zu ruhen. Erst dann verstehst und hörst du mich. Damit meinte ich nicht nur, akustisch oder mit deinem Verstand, sondern mit deinem Herzen."

Ich nickte nur. So langsam klang es für mich plausibel, was sie so erzählte.

Wir lagen noch ein paar Minuten im Wasser und genossen die Unbeschwertheit, bevor wir aufbrachen. Mein Körper kam langsam zur Ruhe. *Ein seltsames Gefühl … einfach nur hier zu sein in diesem Moment.* Doch dann holten mich meine Überzeugungen ein. *Nein, das ist nicht richtig!* Ein Schauder ging über meinen Rücken und ich musste mich schütteln, so unangenehm war es. *Jetzt konnte ich das Nichtstun nicht mehr genießen.* Ich wollte so schnell es ging wieder an Land. „Lass uns weitergehen, Sheela!", sagte ich. „Genug Pause gemacht."

Sie schmunzelte nur und sagte: „Okay, du entscheidest."

Sie war durch nichts aus der Fassung zu bringen. Wie gelang ihr das nur ständig? Ja, ich denke, man kann sagen, insgeheim beneidete ich sie. Aber das brauchte sie ja nicht zu erfahren.

KAPITEL 11

ES GIBT KEIN RICHTIG UND KEIN FALSCH

Weißt du, Liora, das funktioniert nicht – du kannst nicht krampfhaft deinem Ziel entgegenjagen und die Reise an sich nur als Mittel zum Zweck sehen. Was bringt es uns denn, irgendwo anzukommen, wenn wir nicht erkennen, wie schön der Weg war? Dann war die Reise Zeitverschwendung. Ich möchte dir die Geschichte eines kleinen Samens erzählen:

Erst freute sich der kleine Samen, denn endlich war seine Zeit gekommen, um zu wachsen. Doch dann wurde er in ein kleines Loch in der Erde gelegt und gleich darauf wurde es dunkel, feucht und gruselig. Der kleine Samen wusste nicht, wie ihm geschah. Er verstand die Welt nicht mehr. Sollte er nicht seine Aufgabe erfüllen und wachsen? Stattdessen lag er nun unter der Erde. Wie lange sollte er dableiben? Die Tage vergingen und der kleine Samen wurde immer verzweifelter. Er begann Wurzeln zu schlagen, die sich mit der Erde verbanden. Ihm war langweilig und schließlich beschloss er auf Entdeckungsreise zu gehen. Er wurde kreativ, schob sich immer weiter nach oben und schaffte es an die Erdoberfläche. Aus Frühling wurde Sommer, wurden Herbst und Winter – das Jahresrad drehte sich immer weiter, und der Samen wurde stärker und stärker. Bis aus ihm schließlich ein kräftiger Baumstamm mit langen Ästen geworden war. Er fand in den Tieren des Waldes neue Freunde, die ihn regelmäßig besuchten, und lernte, sich den Jahreszeiten anzupassen. Im Herbst warf er seine Blätter ab, um im Winter zu ruhen, im Frühling wuchsen neue Blätter und spendeten seinen Freunden im Sommer Schatten. So vergingen viele Jahre, bis ihm eines Tages ein Vogel etwas mitteilte: ‚Danke für dein Wachstum und dein Sein. Ohne dich könnte ich mein Nest hier nicht bauen.'"

Sheelas Geschichte berührte mich so sehr, dass mir eine Träne über die Wange rollte. Ich brachte kein Wort heraus. Ich fragte mich, warum sie mir diese Geschichte erzählte.

„Alles unterliegt einem Kreislauf oder Zyklus. Wir haben die Jahreszeiten, die sich wiederholen, Mondphasen, das Leben selbst mit Geburt, Altern,

Tod und Wiedergeburt. Und auch innerhalb dieses Lebens scheinen die Phasen einem bestimmten Kreislauf zu unterliegen mit seinen immer neuen Herausforderungen. Unsere Aufgabe ist es zu wachsen. Doch wenn du dich in einer Phase weigerst, dich weiterzuentwickeln und mit ihr zu fließen, hältst du dich selbst gefangen und drehst dich im Kreis. Befreist du dich schließlich, geht es erst mal wieder voran – und zwar aufwärts. Dann erfährst du vielleicht sogar eine Phase der Lebensfreude, empfindest pures Glück und fühlst dich, als könnte dich nichts unterkriegen … Bis die nächste Herausforderung bevorsteht. Das Leben geht immer weiter, und wie der Samen, der zu einem Baum heranwuchs, während er noch über seine Aufgabe grübelte, tat es das ganz automatisch. Das ist uns nur sehr selten auch wirklich bewusst. Liora, was ist, wenn ich dir sage, dass du längst dabei bist, den Sinn deines Lebens zu erfüllen?

Wenn dir das Leben eine neue Herausforderung schenkt, scheint es zwar, du würdest einen Rückschritt machen, doch in Wahrheit begegnest du nur einer *ähnlichen* Situation und bist dazu noch reifer als beim letzten Mal, betrachtest die Dinge nun aus einer ganz anderen Perspektive. Und irgendwann treffen dich die Herausforderungen nicht mehr so hart, weil du nun weißt, dass es sich immer nur um eine Phase handelt, die auch wieder endet. Erinnerst du dich? Das ist auch die Bedeutung des Unalome-Symbols. Befreist du dich von all dem, was du glaubst, nicht zu sein, und erkennst an, was du *wirklich* bist, dann lebst du den Sinn deines Lebens. Deshalb möchte ich dir sagen: Genieß jeden Moment deiner Erfahrungen."

Ich glaubte, jetzt hatte ich die Bedeutung des Unalome-Symbols erst wirklich verinnerlicht. Ich fühlte ihre Worte und wie sich in meinem Verstand nun jedes einzelne Ereignis meines Lebens zu einem Puzzleteil formte. *Ja, das möchte ich so gern: alles genießen. Okay, ich entscheide mich dafür, mich zu öffnen!*

Wir marschierten weiter am Fluss entlang, es ging leicht bergauf. Sheela ging so selbstsicher voraus, als wüsste sie ganz genau, wie wir zur Eule kommen. Ich folgte ihr durch Baumgruppen, durch die wir das Wasser glitzern sahen, vorbei an großen Felsen, durch welche die Sonne auf unser Fell strahlte. Obwohl der Weg steinig war und dicke Wurzeln einen immer wieder zum Stolpern brachten, fühlte ich mich sicher. Sheela spazierte gelassen voran, schaute nach links und rechts, aber nicht nach unten, und so stolperte sie hin und wieder über die kleinen Hindernisse, die der Boden uns schenkte. Dennoch klagte sie nicht – im Gegenteil. Ich hörte von ihr nur: „Wow, ist das schön!" und: „Liora, schau mal da, dieser Baum – wie kraftvoll er aussieht! Mutter Natur beobachtet und wacht über uns" oder: „Ist die Natur nicht einfach magisch?"

Ich schaute mich um und ja, es war wirklich schön. Ohne ihre Hinweise wäre mir das gar nicht aufgefallen. Ich war so mit Gehen und Nicht-Stolpern beschäftigt und nahm nicht wahr, was links und rechts von mir geschah. Nach einer

Weile fragte ich mich, ob wir uns noch auf dem richtigen Weg befanden. Wieso liefen wir am Fluss entlang und wohin würde er uns führen? Da sah ich neben uns mehrere Wegweiser. Auf einem Schild, das entlang der Richtung wies, in die wir einfach nur weitergehen müssten, stand: *„Herzberg 40 Meilen"*. Und dann war da noch ein kleines Schild, das nach unten zum herabprasselnden Wasserfall wies: *„Löwenherz 5 Meilen"*.

Sheela schien kurz zu überlegen und verließ unseren Weg dann in Richtung Wasserfall.

Äh … was tut sie?! „Sheela? Bist du dir sicher, dass das der richtige Weg ist?", fragte ich skeptisch. „Die Eule ist doch auf dem Herzberg und das Schild hier führt uns ganz klar dorthin. Wieso gehen wir Richtung Wasserfall?"

„Es gibt kein Richtig und kein Falsch", versicherte sie mir. „Alle Wege führen uns ans Ziel. Vertraust du mir?"

Ja, ich vertraute ihr, aber ich verstand trotzdem nicht, wieso wir nicht den ausgeschilderten Weg nahmen. Was, wenn wir wieder einen unnötigen Umweg gingen? *Also der Fuchs hätte sicher keinen Umweg genommen.* Aber ich wollte nicht mehr über ihn nachdenken, geschweige denn von ihm sprechen. Wut glimmte auf. *Raus aus meinem Kopf!*

„Wir sind noch nicht bereit für den Herzberg. Du musst erst noch eine andere Erfahrung machen", sagte Sheela. Diese Aussage verwandelte die aufgekeimte Wut in ein Brodeln.

Ich konnte es nicht mehr zurückhalten. „Hör auf mit diesem Mist! Kannst du nicht normal mit mir sprechen? Ich verstehe dich nicht. Deine ganzen Kalendersprüche gehen mir auf den Keks! Was soll das heißen, wir sind noch nicht bereit? Also *ich* bin mehr als bereit, endlich zu erfahren, warum ich hier auf dieser Welt bin und was meine Aufgabe hier ist. Ich hab mein ganzes Leben nach Antworten gesucht – ich kann nicht länger warten! Und du sagst mir, wir wären noch nicht bereit!" Erst jetzt bemerkte ich, wie mir Tränen übers Gesicht rannen. Ich wollte eigentlich noch viel lauter schreien, aber einerseits wollte ich meine Wut nicht an Sheela auslassen und sie verletzen, und andererseits konnte ich einfach nicht mehr. Ich setzte mich auf einen umgestürzten Baumstamm und versuchte mich zu sammeln.

Eine Weile dachte ich über all meine bisherigen Verbindungen nach. Die zu meinen alten Freunden, die zu meinem Großvater … Wie oft hatte ich das Gefühl gehabt, mich beweisen zu müssen? Aber sobald Konflikte aufkamen, versuchte ich mich dann doch anzupassen, statt meine Meinung zu äußern – ich wollte, dass alles möglichst harmonisch blieb. Nur in mir sah es währenddessen alles andere als harmonisch aus. So hatte ich in der Vergangenheit andere verletzt, wenn meine Wut unkontrolliert herausgeplatzt war. In diesen Momenten hatte ich mich nie wie ich selbst gefühlt, sondern als wäre ich jemand komplett anderes. Und deshalb hatte ich schließlich angefangen, sie in einen Käfig zu sperren, die Wut … Damit ich sie nicht spüren musste … Und irgendwann hatten sich in diesem Käfig auch viele andere augenscheinlich falsche Gefühle eingefunden.

KAPITEL 12

SANFT UND STARK ZUGLEICH

Sheela kam näher zu mir und ich spürte ihre Wärme auf meiner rechten Schulter. „Alles ist okay. Lass es raus. Ich weiß, es ist nicht so einfach, wie es scheint, und ich weiß auch, dass du das nicht gern hörst. Daher erzähle ich es dir, solange bist du es verinnerlicht hast: Alles geschieht zu seiner Zeit und aus einem bestimmten Grund. Bitte, vertrau mir … vertrau *dir* und vertrau darauf, dass alles genau dann kommen wird, wann es kommen soll. Ganz sanft und im richtigen Tempo. Ich will dich doch nur davor schützen, was für Erfahrungen sonst schlagartig auf dich einprasseln. Weißt du, du musst es auch verarbeiten können. Daher hab Geduld."

Geduld … wie ich dieses Wort hasse. Ich will nicht auf den richtigen Zeitpunkt vertrauen und warten. Wieso kann es nicht *jetzt* passieren?

„Du kannst jederzeit selbst entscheiden, wohin du gehst, Liora. Willst du den langsamen Weg gehen oder direkt rein ins Abenteuer?" *Oh … ganz vergessen. Sie kann ja meine Gedanken hören.*

„Natürlich direkt rein. Ich habe keine Lust mehr zu warten. Mir egal, wovor du mich bewahren willst – ich halte aus, was auch immer mich erwarten wird. Du musst mich nicht behüten. Ich kann selbst auf mich aufpassen."

„Okay, so sei es. Trotzdem frage ich dich, was wohl geschehen würde, wenn du die Kontrolle abgibst und darauf vertraust, dass nur das Höchste und Beste für uns passiert? Lass uns doch zumindest einen kurzen Moment nehmen und tief in diese Situation hineinspüren. Was fühlt sich für dich wirklich wahr an?"

Noch immer auf dem Baumstamm sitzend schloss ich die Augen und atmete einmal tief durch. Sheela hatte recht – mal wieder –, aber ich wollte es nicht zugeben. Ein Teil von mir wollte direkt zum Herzberg, weil ich meinem Ziel dadurch so viel näher gekommen wäre. Ich war nun mal ungeduldig, das ging mir alles viel zu langsam. Am liebsten wäre ich schon in diesem Augenblick da oben auf dem Berg gewesen. Aber dann hörte ich Zweifel wie: *Aber was geschieht, wenn ich oben angekommen bin? Was wird sich verändern? Alles oder nichts? Ich will es. Aber was, wenn ich nicht die Antwort bekomme, die ich mir erhoffe? Wenn mich die Antwort nicht zufriedenstellt und ich umsonst gereist bin? Wozu dann all das?*

Und dann war da dieser andere Teil in mir, der Sheelas Worte auch als meine eigene Wahrheit empfand. Ich hatte Angst, dem Unbekannten zu vertrauen … mich voll und ganz hinzugeben. Einen Weg zu gehen, der unsicher war und von dem ich nicht wusste, was mir da widerfahren würde, was Sheela und ich erleben würden. *Also eigentlich ist das ja auch sehr aufregend. Nicht zu wissen, was passieren wird, sondern meinem Gefühl, meiner Intuition, blind zu folgen.* Wir können alles Mögliche planen und doch kann nicht immer alles nach Plan laufen. Da erinnerte ich mich noch an das eine Mal, als ich vorhatte, meine Freunde aus dem Wolfsrudel zu besuchen, und ich aber aus irgendeinem Grund nicht gehen wollte und es mir so schwerfiel abzusagen. Rückblickend war es meine Intuition gewesen, die mich geleitet hatte, doch nicht hinzugehen. Am nächsten Tag durften wir unser Heim aufgrund einer Sturmwarnung sowieso nicht verlassen. Einer der Wölfe war sogar schwer verletzt worden. Im Nachhinein war es also eine gute Sache, auf diese leise Stimme in mir gehört und mich nicht an meinen ursprünglichen Plan gehalten zu haben.

Ich war so verwirrt. Was sollte ich nur tun? Ich wollte ja vertrauen. Wirklich. Wollte erkennen, wie sich das, was für mich bestimmt war, zusammenfügt. Wie es für mich und meinen Weg vorgeschrieben war. Göttlich geführt. Aber alles auf mich zukommen zu lassen war eine enorme Umstellung für mich und die reinste Qual.

„Kannst du jetzt loslassen oder willst du noch immer die Kontrolle behalten?“, fragte Sheela.

„Ich will vertrauen. Ich will mich fallen lassen, mich hingeben in den Fluss des Seins. Ich will all das und noch viel mehr. Ich weiß, all das und noch viel mehr ist möglich und für mich bestimmt. Ich …“ Ich atmete entschlossen durch. „Ja, ich *kann* vertrauen. Ich *kann* mich fallen lassen. Ich *kann* es. Auch wenn es mir schwerfällt. Es ist okay, dass es nicht einfach ist. Es ist okay, dass es seine Zeit braucht, bis ich mich damit wohl fühle. Es ist okay, das anzunehmen und zu erkennen, wie schwer es noch ist. All das ist okay. Ich nehme es an und akzeptiere es. Wenn ich kleine Schritte mache und wahrnehme, wie es langsam leichter wird, dann werde ich erkennen, dass ich mich treiben lassen kann. Ich bin nicht gefangen – ich werde verstanden, weil ich mich selbst verstehe.“

Huch … wo kamen denn diese Worte jetzt her? Damit hatte ich mich nun selbst überrascht. Ich nahm noch ein paar tiefe Atemzüge und obwohl mir mein Verstand immer noch sagte, wir sollten den schnellsten Weg nehmen, so fühlte ich, dass es jetzt für mich richtig war, den anderen Weg einzuschlagen. „Okay. Ich folge dir.“

Sheela strahlte. Sie half mir auf und dieses Mal sollte ich vorgehen. Sie sei immer direkt hinter mir, auch wenn ich sie mal nicht sehe. Egal, was passiere – ich solle immer weitergehen. In diesem Moment verstand ich nicht so ganz, was sie mir damit vermitteln wollte … Aber das würde ich noch.

Ein lautes Geräusch brachte mich wieder zurück ins Hier und Jetzt. Sheela und ich schauten uns an. Sie war es nicht gewesen. Das Gebrüll wurde intensiver, war jetzt ganz nah. Meine Knie zitterten schon vor Angst. Wir folgten dem Geräusch und sahen schließlich direkt neben dem Wasserfall einen Braunbären. Er stand aufrecht auf zwei Beinen und klopfte sich mit den Vorderpranken gegen die Brust. Dabei brüllte er. Wir kamen näher und beobachteten ihn durch die Bäume hindurch. Zwar hatte ich immer noch ein wenig Angst, aber noch größer war die Neugier zu erfahren, was den Bären so tönen ließ. Wir pirschten noch etwas näher an ihn heran, ganz leise … Knack! Ich war aus Versehen auf einen trockenen Ast getreten. O nein … gar nicht gut! Ich hielt die Luft an. Der Bär schaute zu uns und etwas Unerwartetes geschah. Er begrüßte uns voller Freude und Herzlichkeit: „Einen wunderschönen guten Tag, wünsche ich dir!“ Ach ja, ich vergaß, dass nur ich Sheela sah.

„Warum brüllst du so laut? Bist du auf etwas wütend?“, fragte ich ihn neugierig.

Der Bär lachte laut und sprang in den Fluss. Er trieb auf dem Rücken und schaute mich dabei an. „Nein, das mache ich, um meine Energie zu aktivieren. Weißt du, wie viel Energie in uns steckt, die wir gar nicht nutzen? Es gibt unterschiedliche Möglichkeiten, Energie und Kraft über deine Emotionen freizusetzen. Du kannst sie zum Beispiel durch Bewegung wie Tanz durch deinen Körper fließen lassen, bewegst die Lebensenergie so durch deine Chakren. Oder du bringst sie schließlich über dein Halschakra anhand der

Stimme zum Ausdruck. Es zeugt von Stärke, Emotionen zu zeigen. Sie kommen und gehen, wie das Wasser hier im Fluss. Wehre dich nicht dagegen. Willst du sie festhalten, lässt du sie zu Eis erstarren, und hältst du sie zurück, kreierst du einen Staudamm, der irgendwann brechen und alles um dich herum überfluten wird. Doch lässt du deine Emotionen einfach im natürlichen Fluss, so nimmt alles seinen Lauf."

Hm … So hatte ich es noch nie betrachtet – aber da hatte er schon recht. All die Jahre hatte ich meine Emotionen unterdrückt, bis sie schließlich ausgebrochen waren und alles um mich herum zerstört hatten. „Mir kommt das eher vor wie Feuer. Es glimmt, schwelt und raucht … Und wenn ich meine Emotionen freilasse, dann wird daraus innerhalb von Sekunden eine Feuersbrunst, die andere verletzt. Damit habe ich keine guten Erfahrungen gemacht."

„Ach, Quatsch. Wer hat dir das denn erzählt? Sicherlich jemand, der sich nicht getraut hat, seine Emotionen auszuleben. Ich kenne so einige, die das nicht zulassen, weil sie denken, sie würden darin ertrinken. Du zeigst ihnen das pure Leben auf. Bist lebendig, gerade weil deine Emotionen fließen. Und ehe du dich versiehst, tauchst du im nächsten Moment in die emotionale Klarheit. Dann sind da nur noch Ruhe und Frieden. Welch Magie."

Ja, das wäre wirklich Magie. Ob er mir wohl verriet, wie das genau funktionierte? Das würde ich nur herausfinden, wenn ich ihn auch fragte. „Aber wie lässt man sie fließen, ohne Angst zu haben alles um sich herum zu zerstören?“, erkundigte ich mich bei dem Bären.

Er tauchte tief ins Wasser, bevor er zurück ans Ufer kam. „Ich zeige dir, wie man sich mit seinen Emotionen verbindet. Im Grunde ist es ganz einfach. Lass uns das gemeinsam tun. Also: Du suchst dir einen Ort, an dem du ungestört bist, wie zum Beispiel diesen hier. Dann schließt du deine Augen. Komm, schließ deine Augen.“

Ich schämte mich etwas vor Sheela, aber zum Glück machte sie mit und war in sich selbst versunken. Das beruhigte mich und dadurch fühlte ich mich nicht mehr allzu bewacht.

„Atme tief ein und aus und nimm wahr, was sich zeigen möchte … Was spürst du? Wo genau spürst du es in deinem Körper? Beobachte einfach. Betrachte es wie einen Film, ohne die Situation und Empfindungen zu bewerten. Du bist nicht mittendrin. Du bist nur Zuschauer und siehst von außen zu.“

Ich erinnerte mich an eine Zeit im Wolfsrudel, in der ich wirklich gedacht hatte, sie wären meine Freunde. Ich hatte alles mit ihnen geteilt – meine Träume, meine Ängste, meine Erfolge … Doch entweder kam gar keine Reaktion oder sie belächelten mich nur. Ich fühlte mich so schlecht. Ich schämte mich dafür, anders zu sein und von ihnen verurteilt zu werden. Dadurch fing ich irgendwann an, nichts mehr zu teilen und stattdessen alles zu unterdrücken. Und das hatte mich wütend gemacht … so unglaublich wütend.

Der Bär las wohl meine Gedanken. Denn er setzte genau da an: „Aus Wut kann Aktivität erzeugt werden. Wut kann uns ins Handeln bringen. Doch sie sollte niemals gegen andere gerichtet werden, denn dann entsteht Verletzung. Und jetzt lass deine Wut fließen! Probiere dich aus und finde so dein passendes Ventil für diese Emotion!“ Er zeigte mir eine Bewegungsabfolge, wie ich die Energie aus meinem Körper schaffen konnte.

Wir schüttelten uns und dabei kamen all die Empfindungen hoch, denen ich niemals Raum gegeben hätte. Ich stellte mir vor, wie ich meine Wut einfach herausschrie, statt sie zu unterdrücken, und dann leitete er genau das an. Ich sollte meine gesamte Energie im Halschakra bündeln und durch meine Stimme noch mehr freisetzen – und das tat ich! Ich jaulte so laut wie noch nie und es war mir egal, wer mich hörte. Tränen rannten über mein Gesicht und irgendwann beruhigte sich mein Körper langsam.

„Du machst das so gut – das sind Tränen der Reinigung, der Heilung und der Befreiung.“

Es erschöpfte mich und gleichzeitig wurde die Last auf meinen Schultern leichter. Plötzlich wandelten sich die Gefühle zu: Lebensfreude, Leichtigkeit und Zufriedenheit. *Welch eine Befreiung.* „Danke, lieber Bär! Danke, dass du mir gezeigt hast, wie ich meine Emotionen fließen lasse. Jetzt habe ich keine Angst mehr, mich verletzlich zu zeigen.“

„Sanft und stark zugleich“, sagte er.

Stimmt … Ich war verblüfft. Sanft, indem ich mich bewusst wahrnahm, ließ ich meinen Emotionen freien Lauf, um dadurch stark zu sein. Das war genial. Er war genial. Was für eine Inspiration!

„Ich glaube, ich schaff das nicht", gab ich einige Momente später kleinlaut von mir.

„Doch. Du schaffst es! Dir passiert nichts – du hast dich unter Kontrolle", versicherte mir der Bär.

Doch ich schüttelte den Kopf. „Nein, auf keinen Fall. Niemals spring ich da runter!"

„Wir springen nicht. Wir lassen uns einfach mit der Strömung treiben." Der Bär war um einiges größer als ich. Kein Wunder, dass er sich so viel sicherer fühlte.

Ich schaute zu Sheela – sie schwamm fröhlich herum, wurde eins mit dem Wasserfall. Nur ich hatte mal wieder Angst. Verkrampft hielt ich mich an einem Ast fest.

„Komm schon, Liora, lass los. Lass dich treiben. Kämpf nicht dagegen an, sondern gib dich dem Fluss hin. Was hast du denn zu verlieren?"

„Du kannst nur gewinnen", motivierte mich der Bär und bestärkte Sheelas Worte.

Na gut. Ich hatte keine andere Wahl. Ich schloss meine Augen und … ließ los. Woah … Der Wasserfall sah nicht nur gewaltig aus von oben – er war es auch. Ich wurde regelrecht mitgerissen und wusste nicht, wie mir geschah.

Ich fühlte mich … zerstreut. Ich habe dieses Wort noch nie in diesem Zusammenhang verwendet. Aber es passte perfekt. Zersteutsein ist genau das, wenn du denkst, du kriegst nichts richtig auf die Reihe. Glaubst, du bist irgendwie fehl am Platz. Wenn so viele Träume in dir schlummern, doch der Antrieb fehlt sie umzusetzen und du nicht ganz bei dir bist. Genau das empfand ich in diesem Moment. Ich hatte keine Kontrolle, tat nichts und dadurch war ich nutzlos … Alles war sinnlos. Meine ganze Existenz. Warum tun wir, was wir tun? Und warum tun wir Dinge nicht? Wozu gibt es Entspannung? Wozu Anspannung? Wozu beeile ich mich und nehme ständig die Überholspur? Wen wollte ich eigentlich überholen? Warum konnte ich nie entspannen? Wieso konnte ich all das hier nicht genießen? Was war schlimm daran, mal nichts zu tun?

Aber ich will es genießen. Ich will doch! Wieso kann ich nicht? Warum kreisen meine Gedanken die ganze Zeit, wieso kann ich nicht im Moment sein? Das Nutzlossein annehmen. Nichts tun und das vollkommen okay finden. Einfach sein. Was, wenn der Nutzen nur das Sein ist? Wenn der Nutzen darin besteht, sich auch mal nutzlos zu fühlen und das ganz zu akzeptieren, ohne mich darüber zu definieren. Dieses endlose Gedankenkreisen … Ich konnte es einfach nicht abstellen! Warum fühlte ich mich, wie ich mich fühlte? Was war die Botschaft dahinter? Was durfte ich aus dieser Situation lernen? Wa…

Freier Fall.

O mein Gott! Ich wollte schreien, aber es ging nicht.

Du machst das toll, Liora!, hörte ich Sheela in meinem Kopf. Offenbar waren wir mittlerweile so miteinander verbunden, dass auch ich ihre Gedanken empfangen konnte. Schön, sie in meiner Gegenwart zu wissen. Und sie übermittelte mir noch mehr: *Was, wenn du hier genau richtig bist, der Umweg Teil deiner Reise ist? Wenn du genau diese Erfahrung machen musstest, damit du jetzt du bist? Du bist nur verloren oder falsch, wenn du gegen den Fluss ankämpfst. Gib dich hin. Vertraue. Denn dann kannst du absolut gar nichts falsch machen!*

Ja, vielleicht war es genau das, was ich lernen und mir mehr bewusst machen durfte. Den Zustand anzunehmen. In mich zu gehen und mir bewusst zu machen, was alles in mir vorging, bevor ich wieder losrannte, um das nächste Projekt zu starten. Vielleicht war es manchmal wichtig, den Moment – und wenn er noch so schmerzhaft sein mochte – einfach anzunehmen und meinen Empfindungen Raum zu geben. Nichts zu tun und dieses Nichts zu genießen. Und so tat ich genau das: Ich genoss den Moment und den Zustand des Zerstreutseins.

Der freie Fall des Wasserfalls trieb uns an einen ruhigeren Bereich des Flusses. Ich schwamm zum Ufer und ging ganz intuitiv in Richtung des Dschungels. Zum ersten Mal hatte ich keine Angst vor der Ungewissheit und vertraute darauf, den richtigen Weg zu nehmen. Sheela und ich verabschiedeten uns von dem Bären, der noch am Schwimmen war.

Links und rechts ragten die Äste in den Trampelpfad – einen Weg gab es nicht. Beim Durchlaufen wäre eine Machete echt praktisch, dann hätte ich mich nicht wie ein Boxer durch den Ring kämpfen müssen. Sheela ging nämlich wieder hinter mir. Ich marschierte schnell, war ganz darauf fokussiert, auf dem Pfad zu bleiben. Ein falscher Schritt oder eine ruckartige Bewegung und wir würden einen gewaltigen Abhang hinunterrutschen. *Fokus, Liora. Wir haben es bald geschafft!*, dachte ich wie ein Mantra immer wieder – und so war es dann auch. „Wir sind endlich da, Sheela!“

Keine Reaktion. Erst da bemerkte ich, wie unglaublich ruhig sie die ganze Zeit über gewesen war. Ich drehte mich um und sah niemanden. Sheela war weg. Einfach verschwunden. Habe ich sie irgendwo verloren? Da erinnerte ich mich an ihre Worte: Egal, was passiere – ich solle auf meinem Weg bleiben. Sie sei immer da, auch wenn ich sie nicht sähe.

Das zu glauben, fiel mir schwer, aber Sheela zuliebe versuchte ich es. Oder ist sie weg, weil ich sie angefahren habe? Weil ich zu emotional war? Ist sie deshalb verschwunden? Hätte ich doch einfach meine Klappe gehalten … *Toll, Liora – du hast es wieder mal geschafft: Jeder verlässt dich! Jetzt bist du wieder allein.* So viele vorwurfsvolle Stimmen in meinem Kopf. Das reinste Gedankenchaos.

KAPITEL 13

DANKE, ALLES SUPER

Löwenherz war ein kleines Dorf auf dem Hügel oberhalb des Dschungels. Man konnte von dort aus so weit in die Ferne schauen, dass ich sogar den Berg entdeckte, auf dem sich vermutlich die Eule befand. Die Häuser waren wunderschön – ein unglaublich idyllisches, ruhiges Örtchen. Ich spazierte durch die Gassen und betrachtete die Umgebung. Wenn ich eines von Sheela gelernt habe, dann einfach die Umgebung wahrzunehmen und alle Eindrücke auf mich wirken zu lassen. Frei von Bewertung. Einfach nur wahrnehmen.

Wie es wohl wäre, hier zu leben? Ist es hier wirklich so harmonisch und idyllisch, wie es schien? Doch, bestimmt. Die Wesen müssen ein glückliches Leben führen, so schön wie es an diesem Ort aussieht. Ich könnte auch einfach jemanden fragen. Ich ertappte mich beim Tagträumen und wechselte wieder ins Hier und Jetzt. Ich sah keine einzige Seele, die ich hätte fragen können.

Lebt hier denn keiner? Ist das ein Geisterdorf? Ich schlenderte weiter durch die Straßen, da hörte ich plötzlich ein stumpfes lautes Geräusch, das ich nicht zuordnen konnte. Ich schaute mich um und stellte fest, dass es aus dem riesigen Gebäude kam, das sich ungefähr in der Stadtmitte befand. Rauch stieg von dort aus empor. Das weckte meine Neugier und ich ging hin. Je näher ich dem Gebäude kam, desto mehr offenbarte sich der opulente Barockstil. Riesige Balkone. Weiße Säulen und Wände mit daran entlangwachsenden weißen Rosen. Eine eindrucksvolle Einfahrt mit Torbogen führte in eine gepflegte Grünanlage. Wenn hier jemand war, dann wollte ich ihn unbedingt fragen, wo die anderen geblieben waren. Lebte diese Seele ganz allein in Löwenherz?

Ich ging durch den Torbogen und staunte. „Wow, was für ein ausgefallener Garten! So viele unterschiedliche Blumen und Bäume an einem Ort.“ Ein gepflasterter Weg führte in die Mitte des Gartens, wo ein Brunnen stand. Weiter hinten befand sich ein Steinkreis, in dem ein Lagerfeuer brannte, dessen Rauch ich wohl sah. Mit dem Rücken zu mir entdeckte ich eine Gestalt, die direkt vor dem Feuer stand.

Die Gestalt sah mir wieder sehr ähnlich – nur die Fellfarbe war anders … irgendwie sandfarben. Okay, eigentlich sah es gar nicht aus wie mein Fell, es war viel glatter. Aber dafür hatte es umso mehr davon um den Kopf. So etwas hatte ich noch nie zuvor gesehen. Da drehte es sich um, sah mich mit erschrocken aufgerissenen Augen an und brüllte. Es fuhr die Krallen aus und schien gleich auf mich losgehen zu wollen. Ich zuckte zurück. O nein … Was habe ich falsch gemacht?! Ich war wie erstarrt und brachte kein Wort heraus, starrte es einfach nur an.

In diesem Moment hörte ich Sheelas Stimme in meinem Kopf. *Alles ist gut. Schließ deine Augen und atme!*

Ich tat es und merkte, wie ich ruhiger wurde. Als sich auch mein Herzschlag einigermaßen beruhigt hatte, öffnete ich die Augen wieder und sagte: „Hallo, ich bin Liora. Ich bin zufällig hier vorbeigekommen und habe das Feuer bemerkt. Ich wollte nur nachsehen, ob alles in Ordnung ist. Tut mir leid … Ich wollte nicht stören."

„Danke, alles super", sagte mein Gegenüber kurz und knapp, während es mit seiner Pfote den Qualm wegwedelte.

Ich schaute es an und fragte mich, was es da wohl vorhatte. Wollte es ihn verstärken, ihn vertreiben oder ihm zuwinken? Ich stellte mir vor, wie der Rauch und das Wesen eine tiefe Verbindung haben könnten und dass es sich durch das Winken von ihm verabschiedete. Wie diese klischeehaften Verabschiedungen am Bahnsteig, wenn einer in den Zug stieg und gleich darauf den halben

Oberkörper aus dem Fenster lehnte, um zu winken. Ich unterdrückte ein Lachen. Diese Vorstellung war wirklich unsinnig. Die männliche Gestalt bemerkte es und wurde nun aggressiv. „Hör auf mich auszulachen!"

„Ich habe nicht über dich gelacht. Es war nur lustig, mir zu überlegen, was du wohl versuchst. Was machst du hier ganz allein? Lebt denn niemand anderes hier in diesem Dorf?"

Das Wesen schaute mich an und schien mich von oben bis unten zu scannen. Dann erwiderte es: „Das werde ich dir doch nicht verraten." Damit drehte es sich weg von mir, wieder zum Feuer, sah gen Himmel.

Wow, wie kann man nur so hochnäsig sein?! Ich verließ den Schlossgarten wieder und suchte mir einen Ort, an dem ich ungestört war. Das war in diesem Dorf ja ziemlich einfach. Dort dachte ich dann über seine Reaktion nach. Habe ich etwas Falsches gesagt oder getan? Warum hat er mich so inspiziert? Ich weiß, ich sehe vielleicht etwas fertig aus, weil ich so lange unterwegs war, aber mich deshalb direkt so abzuweisen … Das geht gar nicht. Glaubt der etwa, er wäre etwas Besseres als ich? Mein Bauch und die Gegend um meinen Magen wurden wärmer und diese Wärme breitete sich schließlich in meinem ganzen Körper aus. Ich fühlte mich, als würde ich innerlich kochen, spürte, wie sich die Unsicherheit von gerade eben in Wut wandelte. Wie kann er es wagen, so mit mir umzugehen?! Der ist ja noch unfreundlicher und arroganter als der Fuchs. Dass das überhaupt möglich ist, hätte ich nicht gedacht. Unfassbar! Ich saß einfach nur da, leblos und leer. Meine Emotionen waren so durcheinander, dass ich sie nicht zuordnen konnte. Fühlte ich mich einsam? Oder einfach nur hungrig und müde?

Eines stand fest: Ich fühlte mich verloren. Verloren in dieser Welt voller Fassaden, Lügen und Masken. Egal wo ich hinschaute – jeder versuchte seine eigene Fassade aufrechtzuerhalten, um den Schmerz zu überdecken, zu betäuben. Niemand wollte sich zeigen, wie er sich wirklich fühlte, was seine wahren Motive waren. Und so blieben wir alle allein … Allein mit unseren wahren Gefühlen und Gedanken tief in uns verborgen. Und wenn wir uns nicht öffnen und verletzlich zeigen, bleiben sie dort eben für immer. Es war sehr überwältigend, so viel wahrzunehmen, also schloss ich die Augen und nahm mir einen kurzen Moment, um mich innerlich zu sortieren.

Was ist, wenn es gar nicht so ist, wie du es wahrgenommen hast? Wenn das nur deine Interpretation der Situation ist?

„Sheela? Bist du das?“, fragte ich.

Das weißt du doch.

Ich öffnete die Augen – da war niemand. Doch ich wusste, es war Sheela und sie war hier – bei mir. „Ja, vielleicht hast du recht. Aber was soll ich tun?“

Keine Antwort.

Schließlich heulte ich meine Wut einfach raus – so, wie wir es damals im Wolfsrudel zusammen machten, als Signal für Sicherheit. Ja, ich bin auch jetzt in Sicherheit. Sofort fühlte ich mich so viel befreiter und gestärkter. Niemand kann mir etwas anhaben – nicht einmal dieses Wesen!

Nachdem mein Kopf nun frei war, war ich neugierig zu erfahren, warum jemand, der so einsam sein musste, eine so wundervolle Gesellschaft wie die meine ablehnte. Also ging ich wieder in den Schlossgarten, um ihm erneut zu begegnen – aber dieses Mal mit sicherer Haltung. Ich ließ ihn gar nicht erst zu Wort kommen. „Hey, hör mir bitte zu! Das kann vielleicht etwas unangenehm sein, sich einer Fremden mitzuteilen – ich vertraue auch nicht so vielen. Ich bin als Außenseiterin aufgewachsen und hatte immer das Gefühl, nirgendwo reinzupassen … anders zu sein und nicht dazuzugehören. Dabei bin ich ein so liebevolles Wesen und tue keiner Fliege was. Ich wurde so oft zurückgewiesen, wurde missverstanden. Doch nur, weil ich selbst dachte, mich würde keiner verstehen. Deshalb blieb ich meist für mich. Aber jetzt bin ich hier in Löwenherz und ich möchte verstehen, wie es in dir vorgeht. Dich sehen und dir zuhören. Ich will dich nicht verändern, sondern einfach nur wahrnehmen mit all dem, was dich ausmacht. Ich komme in Frieden. Mich interessiert wirklich sehr, warum du hier in diesem Ort anscheinend allein lebst. Wenn du magst, erzähl es mir doch bitte."

Das Wesen schaute mich wortlos an, dann atmete es ganz langsam durch und sagte mit zittriger Stimme: „Danke … Ich bin der König dieses kleinen Reichs und regiere es voller Liebe und Stolz. Ich werde stolzer Löwe genannt. Aber ich will dieses Bild nicht erfüllen. Ich hasse es ehrlich gesagt sogar. Ich will auch mal Schwäche zeigen können, Hilfe bekommen. Aber alle im Dorf dachten, ich bräuchte keine, sei zu stolz oder zu arrogant und deshalb meiden sie mich. Sie hatten Angst vor mir. Egal, was ich sagte, sie fassten es als Angriff auf. Meine Ausstrahlung ist wohl etwas furchteinflößend. Wenn ich jemandem zu nah kam und Kontakt suchen wollte, wichen sie stets ein paar Schritte zurück und sahen mich ängstlich an. Doch ich würde ihnen niemals Leid zufügen.

Eines Tages waren plötzlich alle verschwunden. Ich glaube, sie hatten wirklich Angst vor mir oder mochten mich nicht. Deshalb bin ich allein hier. Über Gesellschaft freue mich sehr. Obwohl ich dich verjagt habe, bist du noch einmal zurückgekommen, hast keine Angst und sogar Interesse an mir. Es ist so schön, mit jemandem auf Augenhöhe zu kommunizieren. Wir sind doch gleich … du und ich und … wir alle. Ich bin nicht besser als alle anderen. Nicht besser als du, und du bist nicht besser als ich. Ich weiß nicht, warum man das von mir denkt."

Ich sah ihm in die Augen und nickte. „Ich sehe dich, Löwe. So wie du bist."

Seine Gesichtszüge wurden weicher. Er wirkte erleichtert. „Weißt du, ich esse den ganzen Tag. Ich esse all das ungesunde Zeug hier und weiß, es schadet meinem Körper. Doch weißt du, meiner Seele tut es gut … sehr sogar. Ich esse und meine Seele ist glücklich. Deshalb esse ich mehr und mehr und … Ach, sieh mich an. Ich kann nicht mehr laufen und rolle nur noch. Deshalb sitze ich hier im Schlossgarten fest. Weil es anstrengend ist, mich zu bewegen. Und die Leckereien werden auch nicht weniger – wenn ich nach dem Schlaf wieder aufwache, ist alles wieder da … Es ist wie ein Fluch."

„Darf ich dich etwas fragen?" Ich wollte dem Löwen etwas sagen, das mir aufgefallen war – aber nur, wenn er auch offen dafür war.

War er. Er nickte.

„Kann es sein, dass du deinen Kummer in dich hineinfrisst? Du vielleicht versuchst die Einsamkeit und Leere mit Essen zu füllen? Und ja, deine Seele ist dann glücklich … aber doch nur für einen Moment. Denn wenn du wirklich glücklich wärst, würdest du ja nicht weiteressen, um dich noch glücklicher zu fühlen … Oder? Ich möchte das gern verstehen."

„Ich weiß selbst nicht genau, warum ich das mache."

„Wünschst du dir einen Blickwinkel von außen?"

„Nur zu. Wenn du etwas zu sagen hast, teile es mir mit. Womöglich erkenne ich dann, warum ich nicht glücklich bleibe und immer weiteressen muss."

„Na ja, es scheint, du würdest etwas in dich hineinfressen, um dich selbst nicht mehr spüren zu müssen. Weißt du, Gefühle wollen gefühlt werden – nicht ignoriert oder anderweitig kompensiert. Auch, wenn sie noch so sehr schmerzen. Sie fließen von allein und haben eine Botschaft für uns", hörte ich mich sagen. Diese Worte flossen regelrecht aus mir heraus – mir war gar nicht bewusst, überhaupt jemals über das, was ich da sagte, nachgedacht zu haben. Die Erfahrungen mit dem Bären und auch mit Sheela färbten wahrscheinlich auf mich ab.

Der Löwe sagte nichts … Vielleicht war er auch erstaunt über meine Worte. Dann schüttelte er leicht den Kopf und klärte mich über sein Schweigen auf: „Unglaublich … Du hast mir die Augen geöffnet. Ich selbst bin für meine Situation verantwortlich. Ich habe mir das selbst kreiert. Ich wollte nicht anhand meines Äußeren, eines anderen herausstechenden Charakterzuges, bewertet werden. Deshalb habe ich absichtlich viel gegessen, um mich selbst nicht wiederzuerkennen. Ich bin doch nicht nur der stolze Löwe mit diesem dicken Fell. Ich bin auch warmherzig und sogar ziemlich lustig. Ich will dieses Dorf regieren, aber trotzdem Spaß haben. Ich will auch mal traurig oder wütend sein dürfen, ohne dafür verurteilt zu werden. Ohne danach als schwacher König bezeichnet zu werden. Ich habe mich schlichtweg nicht getraut, diese Seiten von mir zu zeigen, sondern habe die Maske des stolzen Löwen aufbehalten. Ich dachte, ich müsste das tun, um mich anzupassen. Ich war lieber einsam und allein, weil es mir schwerfiel mich so zu zeigen, wie ich wirklich bin. Nun, da ich es mal ausspreche, ist es so befreiend. Danke fürs Augenöffnen."

Ich lächelte und verbeugte mich vor dem König. Ich hatte doch gar nichts getan, sondern nur eine Frage gestellt. Wer hätte gedacht, wie viel das schon verändert?

„Um meine Dankbarkeit zum Ausdruck zu bringen, möchte ich dir etwas schenken. Doch vorher bitte ich dich um einen Gefallen … Könntest du mein Volk zu mir zurückbringen? Alle sind fortgegangen und ich befürchte, sie wollen nicht mit mir sprechen, wenn ich sie finden würde. Aber du wirkst so vertrauensvoll, hast eine ruhige Ausstrahlung. Kannst du die Bewohner des Dorfes suchen und ihnen verständlich machen, dass ich doch eigentlich genau wie sie bin: ein Wesen mit unterschiedlichen Facetten? Ich bin zwar der König, aber keiner soll mich auf ein Podest stellen. Miteinander kreieren, ja, erschaffen wir uns ein Reich, in dem wir alle so sein und uns so zeigen können, wie wir sind. Das wird so wundervoll. Ich bereite für die Ankunft, wann auch immer sie sein mag, eine große Feier vor."

Ich fühlte mich geehrt, dass er mir diese große Aufgabe zutraute … Aber ich war doch auf meiner eigenen Mission. Sollte ich Ja sagen und noch etwas länger brauchen, um die Eule zu finden? Oder sollte ich einfach ablehnen? Nein, das brachte ich nicht übers Herz. Ich konnte ihm diesen Wunsch nicht ausschlagen. Ich grübelte noch etwas. Vielleicht, könnte ich ja auf dem Weg die Eule besuchen und sein Volk trotzdem zurückbringen? Ich musste mich doch gar nicht für eines von beiden entscheiden, sondern konnte es einfach miteinander kombinieren. Ja, es war eine tolle Idee!

„Okay, ich nehme diese Aufgabe von Herzen gern an."

„Wundervoll! Damit du dich in der Umgebung zurechtfindest, gebe ich dir diese Karte mit – sie weist dir den Weg." Er reichte sie mir und ich staunte.

Kann das sein? Sie sah haargenau aus wie die Karte, die der Fuchs mir gestohlen hatte. „Wow. Vielen Dank!" Und so machte ich mich auf, sein Volk zurückzuholen. Am Toreingang stehend, hörte ich Sheelas Stimme in meinem Kopf: *Es gibt keine Zufälle. Alles geschieht aus einem bestimmten Grund. Vertraue und du wirst auf deinem Weg geführt.* Ich schüttelte schmunzelnd den Kopf.

KAPITEL 14

JA, DAS KLINGT WIRKLICH SEHR NACH MIR

Ja, so langsam glaubte ich selbst nicht mehr an Zufälle, sondern realisierte, wie wirklich alles aus einem bestimmten Grund geschah. Da hielt ich nun diese Karte in meinen Pfoten, die ich einfach so geschenkt bekommen hatte und die mich womöglich auch direkt noch zur Eule führte. Aber ich wollte auch mein Wort halten und dem Löwen sein Volk zurückbringen. Was soll ich jetzt tun? Meinen eigenen Weg gehen oder zuerst helfen? Mein Magen zog sich wieder einmal zusammen. Mist. Ich hätte doch einfach Nein sagen sollen.

Wieso habe ich Ja gesagt?! Seine Begeisterung war so ansteckend, dass mir keine andere Wahl blieb. Außerdem tat er mir leid und wirkte hilfsbedürftig. Er hat seine ganze Hoffnung in mich gesetzt – da konnte ich doch nicht Nein sagen. Also hatte ich, ohne zu überlegen, eine Entscheidung getroffen. Jetzt fühlte ich mich schlecht. Denn das war eigentlich nicht das, was ich tun wollte.

Druck baute sich in mir auf. Jetzt schien es mir, ich müsste zur Heldin werden, die sein Volk nach Hause brachte. Aber ich bin keine Heldin! Ich bin einfach nur ich! Jetzt war es zu spät. *Ich muss mein Wort halten. Hm … vielleicht geschieht auch das aus einem Grund? Damit ich für die Zukunft daraus lerne? Meine Güte, jetzt klinge ich schon wie Sheela!* Ich musste laut lachen, stockte … sah mich um. Gut, keiner da – und so erlaubte ich mir, herzlich zu lachen. Ich nahm die Karte aus meinem Beutel und betrachtete sie genauer. Ich war jetzt hier in Löwenherz, aber wo sollte ich denn anfangen zu suchen? Der König sagte, sein Volk könne überall sein. Aber so weit konnte es ja eigentlich nicht weggegangen sein, oder? *Ach, ich kriege das schon hin.* Der nächste auf der Karte eingezeichnete Punkt war der Herzberg. Sehr spannend, da wollte ich ja sowieso hin. Wieder kein Zufall – auf gehts!

Ich durchquerte ein Waldstück. Die Bäume waren so riesig und majestätisch, dass mir beim Hochschauen schwindelig wurde. Als ich wieder zurück auf den Weg sah, entdeckte ich einen riesigen Adler. Ich ging zu ihm. Reglos lag er da am Wegesrand ganz nah an einem umgestürzten Baum und schaute zu mir hoch.

„Hallo. Ist was passiert? Kann ich dir helfen?“, erkundigte ich mich.

„Mein Flügel ist unter dem Baumstamm eingeklemmt …“

Wie er das wohl geschafft hatte? Im Grunde war es ja auch egal. Also schob ich schnell den Stamm zur Seite, um gleich weitergehen zu können.

„Ich verdanke dir mein Leben!“, sagte er.

„Ach nein, ich habe doch nichts Besonderes getan.“

„Doch, doch. Als Dankeschön möchte ich dir einen Wunsch erfüllen. Was hast du für einen?“, fragte er.

Puh, das kam überraschend. Schon wieder bekam ich etwas einfach so geschenkt. Dabei hatte ich doch nur den Baumstamm zur Seite geschoben. „Nein. Das kann ich nicht annehmen.“

„Doch, ich bestehe darauf! Du hast mir geholfen. Ohne dich würde ich noch immer hier liegen. Bitte, es ist ein Geschenk. Was darf ich dir erfüllen?“

Hmmm … Ich zögerte. Durfte ich das wirklich empfangen? Was würde Sheela tun? Sie hätte es getan, ohne zu zögern. Einfach aus dieser puren Lebensfreude heraus.

„Ich wünsche mir, meine Bestimmung zu leben.“ Dieselben Worte habe ich beim Wunschbrunnen schon mal geäußert. Aber es konnte ja nicht schaden, es noch mal zu tun. Doppelt hält bekanntlich besser.

Der Adler flüsterte eine Art Gebet und teilte mir danach mit: „Ich habe deine Bitte ins Universum geschickt. Ob es sich nun wirklich manifestiert, liegt in deiner Hand.“

Mist, ich hätte mir wünschen sollen, die Eule oder das Volk des Löwen zu finden. Stattdessen ist es etwas so Selbstsüchtiges. *Ich bin nicht besser als der egoistische Fuchs …*

„Was führt dich hierhin in dieses gefährliche Gebiet?", fragte der Adler und unterbrach meinen Gedanken.

Ich öffnete die Karte und zeigte auf den merkwürdigen Felsen, der wahrscheinlich den Herzberg symbolisierte. Er flüsterte mit ängstlicher Stimme: „Bist du dir sicher?"

Irritiert zog ich eine Augenbraue nach oben.

Er zeigte auch auf den Berg. „Das ist Schlangenbad, das Gebiet der Schlange. Sie ist giftig und biestig. Du solltest nicht in ihre Nähe kommen."

„Hm, okay. Danke für die Info. Aber ich dachte, das wäre der Herzberg?!" Irgendwie fiel es mir schwer, ihm zu glauben. Außerdem – gefährlich konnte es immer werden. Also marschierte ich weiter. Eigentlich war ich jetzt sogar umso abenteuerlustiger. War es denn wirklich so gefährlich? Mein Körper kribbelte vor Neugier und Aufregung; mein Entdeckergeist war geweckt. In diesem Moment bemerkte ich, wie spät es schon geworden war. Der Himmel war in warme Lila- und Pinktöne getüncht und die Sterne glitzerten auch schon. Der Anblick war so magisch. So könnte es inmitten einer grenzenlosen Galaxie aussehen. Na ja, das waren wir ja im Prinzip schon. Fasziniert vom Himmel bemerkte ich, wie mich der Adler dabei beobachtete. „Ich fliege nach Hause – willst du mitkommen und morgen früh weiterreisen?", schlug er vor.

Ich öffnete die Augen und wusste nicht, wo ich war. Das kam mir hier nicht sehr bekannt vor. *An diesem Ort bin ich doch gestern Abend nicht eingeschlafen … oder doch?!* Zumindest konnte ich mich nicht daran erinnern. Ich scannte meine Umgebung und entdeckte den Adler. Und noch einen. Und noch weitere. Ich lag inmitten von Adlern, Felsen und Tipis. O mein Gott! Was ist eigentlich passiert? Wie bin ich hierhergekommen?! Ich schloss die Augen und versuchte mich an die vergangene Nacht zu erinnern. Langsam kamen die Bilder zurück, wenn auch etwas verschwommen. Der Adler stand vor mir, der mir irgendwelche Kräuter zum Rauchen gegeben hatte … und dann … Flashbacks.

Er hatte gesagt: „Wir reinigen dich und deinen Geist. Bei einer energetischen Reinigung zeigt dein Körper womöglich Symptome, aber dir wird nichts geschehen. Vertrau uns und lass dich leiten." Und das hatte ich anscheinend auch. Wir versammelten uns um ein Lagerfeuer, er, ich und noch ein paar andere Adler. Was für eine merkwürdige Erfahrung. Mein Körper hatte gezittert und ich hatte mich übergeben müssen. Ich hatte nicht gewusst, was mit mir geschah, hatte geheult und gemerkt, wie ich meinen Frust und inneren Druck losgelassen hatte. Fast so als hätte irgendetwas meinen Körper verlassen. Wieso habe ich mich auf so etwas eingelassen?! … Vermutlich, weil ich etwas Neues ausprobieren wollte.

O Mann, Liora, du kannst einfach nicht Nein sagen. Ich grübelte weiter. Aber warum habe ich das gemacht? Dafür muss es doch einen Grund gegeben haben. Wollte ich das überhaupt? Und wenn ja, warum? Noch immer benebelt, kam ich langsam im Hier und Jetzt an. Habe ich das vielleicht nur geträumt? Oder träumte ich jetzt gerade? Manchmal passieren mir so unglaubliche Sachen, da ist es schwer zu unterscheiden, was real ist und was nicht. Ich stand auf und der Adler begrüßte mich mit den Worten: „Guten Morgen, wie fühlst du dich heute?"

„Befreit", rief ich, wie aus der Pistole geschossen. Aha, wusste nicht mal, dass ich mich so fühlte … Aber ja, doch. Ich fühlte mich wirklich befreiter. „Ich kann mich kaum erinnern. Was haben wir gestern gemacht und warum?"

„Nach unserer gestrigen Begegnung, habe ich dich mit hierher in unseren Adlerstamm genommen, um dich den anderen Adlern vorzustellen. Der Vollmond strahlte in seiner vollsten Pracht. Du hast uns von euren Vollmondritualen erzählt, was für ein wichtiges Ereignis es in eurem Wolfsrudel ist. Daraufhin haben wir dir unseres beschrieben: eine energetische Reinigung, um all das loszulassen, was nicht mehr dient, um den Energiefluss von all dem zu bereinigen, was ihn blockiert hat – und du wolltest unbedingt mitmachen. Du bist wirklich neugierig."

Ich lachte laut. „Ja, das klingt wirklich sehr nach mir."

„Wir nutzen dafür die vier Elemente, die reichlich vorhanden sind. Luft, die das Loslassen durch das gesprochene Wort bezeugt. Feuer, das den Anker, das Symbol, das losgelassen werden soll, verbrennt. Wasser, das das Alte abfließen lässt, unsere

Körper durchspült und von innen reinigt. Und zuletzt die Erde selbst, in die wir einen Samen pflanzen, mit dem, was wir neu säen wollen."

Ich schloss meine Augen erneut und sah einige Fetzen dieser Szenen. Ja, jetzt erinnerte ich mich auch wieder, was ich hatte loslassen wollen. „Ich wollte meine Ungeduld loslassen, richtig?"

Der Adler nickte.

„Ich erinnere mich, meinen Großvater gesehen zu haben. Aber ich weiß nicht genau … Kannst du mir sagen, was das war? War das auch Teil des Rituals?"

„Wir beendeten das Vollmondritual und du hast gefragt, ob wir noch andere Praktiken hätten. Wir arbeiten mit allem, was uns Mutter Erde und Vater Universum bereitstellt. Neben den vier Elementen und den Energien des Mondes sind das kraftvolle Kräuter, Edelsteine und Kristalle. Normalerweise raucht man dieses Kraut. Du hast das ausprobiert, warst aber nicht sonderlich begeistert. Also haben wir die Methode gewechselt."

„Die Methode gewechselt? Wofür?"

„Um dein Unterbewusstsein zu erreichen."

„Aha. Und wieso wollte ich das? Warum sollte ich denn mit meinem Unterbewusstsein sprechen wollen?"

„Unser Unterbewusstsein birgt eine Sammlung verborgener Schätze: Erinnerungen, Erfahrungen. Jene, die wir unterbewusst unterdrückt haben, weil sie zu traumatisch waren oder jene aus vorherigen Inkarnationen, an die wir uns schlichtweg nicht erinnern können. Diese Sammlung ist riesig und würde uns überwältigen, würde uns alles immer zur Verfügung stehen. Daher blenden wir vieles aus, vor allem die Erfahrungen, die schmerzvoll waren. Die wir nicht noch einmal durchleben wollen. Wir haben eine Reise in dein Unterbewusstsein gemacht, um eine ganz bestimmte Erfahrung, ein ganz bestimmtes Gefühl hervorzuholen. Ergibt das für dich Sinn?"

„Absolut gar nicht. Aber erzähl weiter." Ich war neugierig zu erfahren, was dabei passiert war. So etwas hatte ich noch nie gehört und es klang äußerst spannend. Auch wenn ich es nicht richtig greifen konnte.

„Da du dich heute nicht daran erinnern kannst, war es eine sehr tiefe Erfahrung, die du da in dir eingeschlossen hast. Dein Unterbewusstsein möchte dich davor beschützen. Ich kann dir nicht sagen, was du da gestern gesehen hast, aber selbst wenn du es nicht bewusst wahrgenommen hast, hat diese Erfahrung auf einer anderen Ebene gewirkt. Gib dir Zeit, all das zu verarbeiten. Trink viel Wasser, denn dein Körper hat es schon erfahren. Dein Geist integriert aktuell noch alles, was letzte Nacht geschah. Und wenn es an der Zeit ist, kommen deine Erinnerungen zurück. Ganz in dem Tempo, in dem du sie verarbeiten kannst. Hab Geduld, tapferer Wolf."

Habe Geduld … Wie oft habe ich das nun schon gehört? Aber obwohl ich es immer noch nicht sonderlich mochte, erzeugte dieses Thema keinen Widerstand mehr in mir. Interessant. Könnte das mit dem Ritual gestern zusammenhängen? Vielleicht war es auch einfach besser so, mich nicht mehr daran zu erinnern.

„Wenn es wichtig ist, kommt es wieder", hörte ich Sheela sagen.

Du bist noch da … Wie schön.

„Natürlich bin ich das. Immer", erinnerte sie mich wieder.

Die innere Leere war noch da, aber in Gesellschaft der Adler, die so freundlich waren und mich so herzlich aufgenommen hatten, fühlte ich mich einigermaßen lebendig. Die Sinnlosigkeit noch so zu spüren, obwohl ich gestern irgendetwas losgelassen hatte, gab mir zu denken. Ich fragte mich, ob ich überhaupt wissen sollte, was meine Bestimmung war. Wäre es nicht einfach, es einfach nicht zu wissen? Denn was, wenn ich es gar nicht erfüllen kann? Wenn ich dieser Aufgabe nicht gerecht werden kann?

„Warum glaubst du das?", hörte ich Sheela.

Ich denke, ich habe Angst. Davor, dass sich mein Leben als sinnlos herausstellt. Wenn ich keine Aufgabe hier auf dieser Welt habe, was würde ich dann noch hier machen? Wow, ich fühle mich plötzlich so unglaublich verloren. So einsam. Ich bin eine verlorene Seele. Verdiene es nicht, auf dieser Welt zu sein, wenn ich nicht meine Aufgabe erfülle. Warum bin ich hier, wenn ich mich nicht so entwickle, wie ich sollte … wenn ich falsch bin. Nicht so weit wie so viele andere.

„Vergleiche dich nicht mit anderen, sondern nur mit der Person, die du gestern warst. Jeder befindet sich auf seinem eigenen Entwicklungsweg. Es ist doch vollkommen egal, wo andere stehen."

Was macht es schon?

„Nur du bist dein eigener Vergleichswert. Es ergibt keinen Sinn, dich mit anderen zu vergleichen. Das ist im

Prinzip auch unmöglich, weil du nicht weißt, was sie durchgemacht haben. Deshalb können wir auch niemanden verurteilen oder bewerten. Weil du nicht weißt, wo er steht. Und ebenso kann niemand dich verurteilen oder bewerten."

Ich glaube, ich kann es einfach nicht mehr erwarten. Ich liebe mein Leben, aber zu wissen, dass da noch etwas Großes auf mich wartet und erst dann meine Vision wirklich zum Leben erweckt wird, macht mir schon etwas Angst.

„Das ist die Angst vor der eigenen Größe."

Ja … das könnte es sein. Ich habe keine Angst zu scheitern und alles zu verlieren, sondern schon Angst davor, was passiert, wenn ich einfach komplett zufrieden und glücklich bin. Was dann? Wäre das nicht auf Dauer langweilig, wenn mein Leben zu harmonisch ist? Und gibt es überhaupt ein „zu harmonisch"? Worüber würde ich mir dann Sorgen machen? Worüber würde ich mich aufregen? Kann ich mich trotzdem weiterentwickeln oder bin ich dann irgendwo angekommen? Hört mein Leben einfach auf, wenn ich alles erreicht habe, was ich mir vorstelle? Und was passiert, wenn ich meine Lebensaufgabe erfüllt habe?

„Willst du wirklich schon im Voraus wissen, wie dein Leben verlaufen wird?"

Hm … Ja, schon.

„Wirklich?! Du bist doch so neugierig und fasziniert von Überraschungen. Warum lässt du dich nicht von der Magie des Unbekannten kitzeln? Du wirst getragen von der Magie des Universums – egal, was du tust oder nicht. Egal, wo du gerade im Leben stehst, und wo du glaubst, noch nicht zu sein. Du darfst deine Existenz und dein Sein einfach genießen. Du bist vollkommen in deiner Existenz. Vollkommen. Ganz."

KAPITEL 15

ABER WARUM ZEIGST DU MIR DAS?

Der Adlerhäuptling und ich gingen spazieren und unterhielten uns. „Was denkst du darüber?“, fragte er nach meiner Meinung.

Mist … Was hat er denn gerade erzählt?! Er ertappte mich dabei, wie ich in Gedanken versunken gewesen war. Ich blieb stehen und schaute ihm nur kurz in die Augen. Dann glitt mein Blick rechts an ihm vorbei und ich sprach es einfach aus: „Mir geht gerade so viel durch den Kopf! Ich weiß nicht, warum ich mich nicht erinnern kann. Ja, ich weiß, Geduld. Aber ich will es doch so sehr. Ich will so vieles, was ich noch nicht erreicht habe. Was, wenn ich es niemals erreiche? Ich schulde jemandem einen Gefallen, aber ich weiß nicht einmal, wo ich ansetzen soll. Ich bin auf meiner eigenen Mission, um für mich herauszufinden, was der Sinn meiner Existenz ist. Stattdessen gehen wir hier spazieren. Ich bin zu nichts zu gebrauchen! Ich gehe gefühlt einen Schritt nach vorn und zwei zurück. Immer wieder. Ich will niemanden enttäuschen, doch ich tue es. Ich schaffe es einfach nicht … Ich bin ein Versager."

„Es gibt Dinge, die sind nicht planbar. Aber wisse, jeder einzelne Moment gehört zu deinem einzigartigen Seelenplan dazu."

Er gehörte wohl auch zum Club der Glückskeksweisheiten-Prediger. Diese Worte galt es mal wieder zu verdauen. Ich verstand, was er meinte, aber was das konkret für mich und meine Situation bedeutete, verstand ich nicht so ganz.

Der Adler kniete sich nieder und breitete seine Flügel aus. „Klettere auf meinen Rücken – ich will dir etwas zeigen."

Ich war skeptisch. Er war zwar größer als ich, aber würde er mich auch tragen können? Ich meine, er hat es ja auch nicht geschafft, diesen großen Baumstamm von seinem Flügel zu schieben, wie will er mich da tragen?

„Setz dich genau in die Mitte, dann halte ich mit meinen Flügeln die Balance."

Ich tat, wie mir befohlen und versuchte still sitzen zu bleiben. Na ja, mehr als das konnte ich auch nicht – eine falsche Bewegung und ich wäre gefallen. Ach ja und atmen … Ich versuchte normal weiterzuatmen. In meinem Tempo. Puh … Ich war noch nie geflogen.

„Bist du bereit? Es geht los", sagte er, machte einen Sprung in die Luft und da blieben wir. In der Luft. Ohne festen Boden unter den Füßen. Links und rechts von uns, nichts weiter als … Luft. Weit unten die Erde, über uns der strahlend blaue Himmel. Das war mir unangenehm. So unsicher. So instabil. Nicht mehr nach unten schauen. Ich kniff meine Augen zu – so gewann ich an innerer Sicherheit. Wenn ich nichts sah, konnte ich schließlich auch nicht sehen, wohin ich fallen könnte.

„Alles fein da hinten?"

„Mhmmm …" Mehr brachte ich nicht raus.

Wir flogen eine Weile und langsam beruhigte ich mich. Mein Atem wurde tiefer und mein Körper entspannte sich. Nach und nach wurde das Fliegen sogar zu einem angenehmen Gefühl. So frei und unabhängig. War das wahre Freiheit?

Der Adler blieb in der Luft stehen und wir machten eine kurze Pause.

„Siehst du all das? Das ganze Land unter uns? Schau, wie wunderschön die Natur ist", sagte er.

Endlich traute ich mich, meine Augen wieder zu öffnen, und begutachtete die gesamte Umgebung von oben. *Wow, das ist unglaublich! Die vielen Bäume, die Baumkronen direkt unter uns.* In der Ferne entdeckte ich einen großen Berg, der von Wolken umgeben war und eine enorme Kraft ausstrahlte. Der Fluss sah so miniklein von hier oben aus und wurde von den Sonnenstrahlen geküsst, die die Wasseroberfläche zum Glitzern brachten.

„Ja, wunderschön. Aber warum zeigst du mir das?“, fragte ich zittrig.

„Schau nach unten. Erkennst du die vielen Wege und Abzweigungen?“

„Ja.“

„Jeder Weg birgt sein ganz eigenes Abenteuer. Du weißt nicht, was du jeweils erleben wirst, doch jeder Weg führt dich genau dorthin, wo du in dem Moment, in dem du ankommst, richtig bist. Genauso wenig weißt du, was im Wald geschieht, wenn du dich gerade am Fluss befindest. Wenn du mittendrin bist, verstehst du vielleicht nicht, warum es für dich wichtig ist. Du verstehst nicht, warum es im Wald vielleicht kalt und dunkel ist, weil dir nicht bewusst ist, wie die Bäume dich vor dem Regen beschützen. Wenn du am Fluss bist und die Sonne strahlt, willst du diesen Moment vielleicht ewig erhalten, doch es ist nur ein Abschnitt. Ein Abschnitt unseres Weges. Wenn wir es von hier oben aus betrachten, gehört doch alles zusammen. Wenn wir die Perspektive wechseln und von außen auf uns schauen, erkennen wir die Zusammenhänge. Der Fluss kann nicht allein existieren – er ist Teil der Natur. Die Bäume sind einzeln kein Wald und die Wege führen ohne Umgebung nirgendwohin. Aber betrachtet man das große Ganze, ergibt sich das komplette Bild.“

Ich nickte beeindruckt vor mich hin. „Aber etwas verstehe ich noch nicht ganz. Darf ich dich das fragen?“

„Nur zu.“

„Es gibt so viele Wege und Orte, aber was, wenn ich gar nicht jeden Ort besuchen muss?

Jetzt, wo ich das von hier oben sehe, könnte ich doch einfach den schnellsten Weg aussuchen und so die Abenteuer mitnehmen, die richtig Spaß machen. All die negativen Erfahrungen müsste man gar nicht erleben. Zum Beispiel wenn ich weiß, dass es dort am Wasserfall gefährlich ist, könnte ich ihn ja auch vermeiden, oder nicht?"

Er schwieg.

Also führte ich mein Beispiel weiter aus. „So wie ich die Abkürzung zur Fuchshütte genommen habe. Das hätte ich mir ja auch sparen können, denn dann wäre ich nicht bestohlen worden."

„Die Erfahrung", ließ er mich wissen. „Es geht um die Erfahrung. Wenn du einmal losgegangen bist, gibt es kein Zurück mehr, denn jeder Schritt verändert etwas in dir. Auch wenn der Weg augenscheinlich erst mal keinen Sinn ergibt, ist doch jeder Schritt von Bedeutung. So vieles, was sich dir zeigen will, aber noch nicht darf, weil du noch nicht bereit bist. Weil es noch eine Erfahrung davor braucht. Was hat es dich gelehrt, bestohlen worden zu sein?"

Ich dachte nach. Das war eine interessante Frage, die ich mir so noch nicht gestellt hatte – und doch erinnerte sie mich an die Unterhaltung mit Großmutter. „Na ja, niemandem zu vertrauen, den ich nicht kenne."

„Und was lehrt es dich, niemandem zu vertrauen, den du nicht kennst?"

Hm … das war ja noch schwieriger zu beantworten als die Frage davor. Ich brauchte einen Moment länger, um darüber nachzudenken, aber dann fiel es mir ein: „Auf mich selbst zu hören und meinem Bauchgefühl zu vertrauen. Das habe ich nicht getan."

„Ganz genau. Hättest du ihm ohne diese Erfahrung denn jemals Aufmerksamkeit geschenkt?"

„Ich … Oh, ich schätze nicht", sagte ich ganz überrascht von mir selbst.

„Jetzt hast du es verstanden. Es gibt keine Umwege und es gibt keine Abkürzungen. Du machst immer genau die Erfahrungen, die es für dich braucht – so oder so. So viele kleine Schritte, die deinen Weg bilden – deine Reise."

Wir flogen wieder zurück und der Adler setzte mich auf einem Felsen ab. In der Zeit dachte ich über meine eigenen Worte nach, ehe ich sagte: „Ich habe wirklich nicht auf mein Herz gehört. Es ist nicht so leicht zu verstehen, wann es zu mir spricht."

„Dein Bauchgefühl ist deine Intuition, deine innere Weisheit, die Herzstimme, die zu dir spricht. Das ist Übungssache. Übe dich darin, dich selbst wahrzunehmen. Deine Gedanken und Gefühle zu beobachten. Praktiziere es. Erlebe es – so sammelst du Erfahrungswerte und kannst irgendwann ganz genau sagen, wann du auf sie vertrauen kannst und wann eher nicht. Diese Erfahrung sammelst du durch all die Begegnungen, Höhen und Tiefen in deinem Leben. Ohne diese wärst du nicht so stark, wie du jetzt bist. Jedes Ereignis ist ein Teil deines Wachstums, ein Puzzleteil, das sich durch die äußere Perspektive zu einem Gesamtbild fügt. Es gehört zum Leben, jene Herausforderungen willkommen zu heißen und das Puzzle zu vervollständigen. Du reflektierst und betrachtest dein Leben von außen. Es ist, als würdest du deinen eigenen Film ansehen. Du nimmst wahr, beobachtest ganz neutral und bewertungsfrei." *Irgendwie erzählt mir auch jeder das Gleiche, nur mit anderen Worten und Beispielen. Doch dadurch wird es verständlicher.*

„Danke, vielen Dank. Ich glaube, jetzt habe ich es so wirklich verstanden."

„*Hast du. Auf einer anderen Ebene.*", bestätigte Sheela.

KAPITEL 16

ICH HEIßE LIORA

Wir gingen zurück zu den anderen Adlern und ich bemerkte, wie die Stimmung sich veränderte. Sie war gedrückt, angespannt … kühl. Die Szene schien komplett zu stagnieren. Sie bemerkten uns, hielten für ein paar Sekunden inne und starrten uns regungslos an.

„Was ist hier los?“, flüsterte ich dem Adlerhäuptling zu.

Er zuckte mit den Achseln, wusste genauso wenig wie ich. Er sprach einige der anderen Adler an, doch keiner von ihnen reagierte auf ihn.

Wie unglaublich merkwürdig.

Im nächsten Moment ging das Leben wie gewohnt weiter. Sie bewegten sich wieder, unterhielten sich, als wäre nichts gewesen. Der Adler und ich schauten uns verwirrt an.

„Was ist da gerade passiert? Du … also du hast das doch auch gesehen, oder?", fragte ich ratlos.

Er nickte, schien genauso irritiert wie ich.

Auf einmal ging ein Ruck durch die anderen Adler. Wie auf Kommando drehten sich alle nach rechts und marschierten im Gleichschritt in dieselbe Richtung los.

Wie abgefahren ist das denn?!

Die Adler gingen in einer Reihe zum Hauptzelt und versammelten sich davor. Wir folgten ihnen mit etwas Abstand. Im Tipi erkannte ich einen Schatten und ich fühlte, dass das absolut nichts Gutes zu bedeuten hatte. Der Schatten wurde größer, das Wesen näherte sich, trat aus dem Zelt und ich … konnte es einfach nicht fassen. Das durfte doch wohl nicht wahr sein!

Es war der Fuchs – jener hinterhältige, arrogante Fuchs, der mich bestohlen hatte. *Was macht er hier und wieso laufen ihm die ganzen Adler hinterher?* Noch hatte er mich nicht gesehen und vermutlich war es auch besser, wenn das so blieb. Ich konnte nicht einschätzen, wie er reagieren würde.

„Vorwärts! Wir suchen sie jetzt und wir hören nicht auf, bis wir sie gefunden haben!", schrie der Fuchs.

Ach du Scheiße. Suchen die mich?! Mein Puls beschleunigte. Nee … Dann hätten mich seine Adlersoldaten schon längst gepackt. Puh … Ich schaute nach rechts zum Adlerhäuptling. Er sah traurig aus.

„Ich verstehe das nicht. Ich war doch nur kurz weg … Sie kommen mir so fremd vor – gar nicht mehr wie sie selbst … Komplett verändert. Wie fremdgesteuert. Was stimmt hier nicht?!“, teilte er mir mit.

„Das ist meine Schuld, stimmts? Es tut mir leid. Hätten wir nicht den Rundflug gemacht, dann wäre das hier bestimmt nicht passiert.“ O Mann, hatte ich Schuldgefühle. Nur weil der Adlerhäuptling so nett gewesen war und mir etwas erklären wollte …

„Nein, das ist nicht deine Schuld. Niemand trägt die Schuld. Auch das hier hat einen Grund“, sagte er vollkommen ruhig.

Ich war erstaunt, wie gelassen er mit dieser Situation umging. „Und was machen wir jetzt?“ Ich sah ihn an.

Er schloss die Augen und sagte erst mal gar nichts. Ich beobachtete ihn, wie er seine Flügel faltete und vor seine Stirn hielt, ehe er sie Richtung Brust senkte. Ich wollte ihn nicht stören bei dem, was auch immer er da machte, also schwieg ich.

Er murmelte etwas vor sich hin, dann sagte er deutlicher: „Danke, danke, danke. So sei es“, und schaute in die Ferne.

„Danke wofür?“, fragte ich. „Dafür, jetzt nicht zu wissen, was wir machen sollen?“

„Ich dankte Vater Himmel, dass wir beschützt und behütet werden. Dass Mutter Erde uns trägt und wir zu jederzeit sicher sind. Dass alles zum höchsten und besten Wohl geschieht. Ich bat um einen Impuls für unseren nächsten Schritt, um ein Zeichen."

Ich war etwas verwirrt. „Und was ist es? Wie erkennen wir es?"

„Das weiß ich noch nicht. Alles kann ein Zeichen sein."

„Aber dann hat es doch gar nicht funktioniert, wenn du die Botschaft nicht sofort bekommst. Müssest du es nicht direkt noch einmal versuchen? Und von wem kommt sie denn eigentlich?" Ich stellte mal wieder so viele Fragen, denn mein Gehirn konnte diese Information nicht greifen.

„Ich habe den Impuls an das Universum geschickt. Das Zeichen wird uns erreichen, wenn die Zeit reif ist."

Unruhe breitete sich in mir aus. Ich konnte nicht mehr ruhig stehen bleiben. Ich wollte … musste etwas tun. Etwas machen, um die Situation zu verändern, und zwar so schnell es ging. Doch der Adlerhäuptling? Er stand einfach gelassen da und wartete. Ich trat mit den Pfoten auf der Stelle, war echt nervös – aber er nicht.

„Geduld", nuschelte er nur und ich verdrehte die Augen.

„Ich weiß. Habe ich nicht. Noch nicht."

„Wirst du, wenn du damit beginnst, dir aufzusagen, wie geduldig du bist."

Wieso denn schon wieder das gleiche Thema?

„Bin ich aber nicht – wieso sollte ich es mir dann sagen, wenn ich es selbst nicht glaube? Das verstehe ich nicht." O Mann … So langsam denkt er bestimmt, ich verstehe gar nichts … Gerade deshalb frage ich ja so oft nach. Damit ich es vollkommen begreife. Wie könnte ich es denn, wenn ich nicht nachfrage?

„Deine Neugierde ist beeindruckend. Dich wird die Antwort schon bald erreichen“, sagte er, ohne mir die Frage zu beantworten.

„Wollen wir dem Fuchs hinterhergehen?“, schlug ich vor.

„Nein. Ich bleibe hier und bewahre den Raum. Du kannst tun, was auch immer dich ruft. Zum richtigen Zeitpunkt wird das Richtige geschehen.“

„Okay, na gut. Dann werde ich ihm folgen und herausfinden, was er vorhat. Ich verspreche dir, deine Adler zurückzubringen“, hörte ich mich sagen, ohne wirklich zu wissen, wie ich das eigentlich schaffen sollte.

Also verfolgte ich die vom Fuchs angeführte Adlergruppe allein. Sie hatte schon etwas Vorsprung, aber schon bald hatte ich aufgeholt und lief in gebührendem Abstand hinter ihr her. Blieben die Adler stehen, blieb auch ich stehen und versteckte mich hinter den Büschen, um zu beobachten, was geschah. Schließlich machten sie vor einer Höhle Halt. Sie kam mir bekannt vor … Aber wie konnte das sein? *Ist was wieder so ein Déjà-vu-Dingsdabums? War ich hier schon mal? Ich glaube nicht … oder doch?* Der besonders geformte Höhleneingang, überwuchert von so viel Efeu, das den Durchgang versperrte… *Das habe ich schon mal gesehen. Aber wo?*

Der Fuchs fuchtelte mit seinem Stock und brüllte den Adlern etwas zu, das wie ein Befehl klang. *Wieso widersetzen sie sich ihm nicht?* Der Fuchs hatte für mich nicht ansatzweise das Potenzial eines Anführers. Er war einfach nur arrogant und skrupellos, kein bisschen sympathisch. Oder machte genau diese Skrupellosigkeit einen geborenen Anführer aus? Na ja, er war ja gar nicht zum Anführer geboren worden … im Gegensatz zu mir. Zweifelte ich deshalb so an meiner Rolle? Weil ich nicht so skrupellos sein konnte? Aber Großvater war das ja auch nicht … Kühl und unnahbar wirkte er dennoch – er zeigte kaum Emotionen.

Lautes Gebrüll riss mich aus meinen Gedanken zurück in die Realität. Ich schaute durch die Lücken im Gebüsch und sah sie allesamt in die Höhle marschieren. *Ist das hier die Höhle am Herzberg? Ist hier die Eule zu finden? … Moment mal! Ist es die Eule, die sie suchen?!* Ich saß noch ein paar Sekunden regungslos da und überlegte, ob ich mit reingehen oder lieber hier warten sollte. *Hm … Wer weiß, wie groß diese Höhle ist. Vielleicht gibt es sogar mehrere Zugänge? Aber nicht, dass sie mich erwischen und sonst was mit mir machen.*

„*Wenn du nicht sehen kannst, was geschieht, so schließe deine Augen und richte deinen Blick nach innen*“, hörte ich Sheela sagen.

Also blieb ich sitzen und schloss die Augen … Und tatsächlich hörte ich dadurch viel mehr als vorher. Als wäre mein Gehörsinn geschärft, einfach nur, weil ich meinen Fokus nicht mehr auf das Sehen richtete.

Ich pirschte mich noch etwas näher an den Eingang der Höhle heran, versteckte mich hinter den Büschen, die weniger als einen Meter danebenstanden. So konnte ich noch besser hören, was sich in der Höhle abspielte. Da waren Schritte, die hallten, und Platschen – offenbar gingen sie durch Pfützen. Die Geräusche wurden immer leiser, bis es schließlich ganz ruhig wurde und ich nur noch das Wasser tropfen hörte … *Wer weiß, wie lang diese Höhle ist und wo sie endet? Ob es wohl noch einen anderen Ausgang gibt?* Meine Neugier wuchs – ich wollte es wissen; auch was den Fuchs hierherführte und wofür er die Adler brauchte. *Okay, ich gehe jetzt rein!* In dem Moment, in dem ich hinter dem Gebüsch aufstand und mich zur Höhle drehte, bereit reinzugehen, erstarrte ich geschockt. Vor mir stand der Fuchs und grinste mich verschmitzt an. „Na? Haste mich vermisst? Ich habs gewusst, dass du mir hierherfolgen würdest. Ich hätt halt nur nicht gedacht, dass dus wirklich so schnell schaffen würdest."

Ich stand immer noch unter Schock. Wo kam der denn jetzt her?! Ich hatte nichts gehört. „Oh, hallo. Was … ähm … was führt dich denn hierher?", fragte ich nicht ganz so selbstsicher, wie ich wollte.

„Das geht dich gar nichts an, Linda!"

„Ich heiße Liora", sagte ich genervt.

„Wie auch immer …"

Wir redeten noch keine Minute und schon reizte er mich wieder bis aufs Blut. Ich fühlte mich einfach komplett unwohl in seiner Gegenwart. Er hatte eine Art an sich, die mich innerlich direkt zum Kotzen brachte. Ich sah ihn an und schüttelte den Kopf.

Da hörte ich etwas am Höhleneingang. Es waren vier der Adler und sie trugen einen riesigen Käfig, in dem etwas saß. *Was ist das …?* Sah aus wie ein weiterer Adler … Aber auch nicht. Sie kamen näher und … ich erstarrte. Wieder mal. Dieses Wesen im Käfig – es war kein Adler. Es war die Eule! Die aus meinen Träumen. Die, die ich suchte. In diesem Moment erkannte ich auch die Höhle wieder. *Es ist die aus meinen Träumen. Träume ich jetzt gerade? Ich glaube, mir wird schlecht* … Auf einmal schien sich alles zu drehen – und dann wurde es schwarz.

KAPITEL 17

WO IST MEIN HAPPY END?

Ich öffnete meine Augen. Keine Ahnung, wo ich war. Ich schaute mich um, entdeckte eine Innenausstattung voller Kristalle und anderem magischen Zeugs. Ich kniff mir in mein linkes Vorderbein, sprang in die Luft – aua! – und landete wieder auf dem Boden. Auf dem Boden der Tatsachen. *Okay, ich bin also definitiv wach. Das ist schlecht … Denn dann war ich in der Höhle gefangen.* In der Höhle der Eule – die Eule, von der ich mir Antworten über den Sinn meiner Existenz gewünscht hatte. So hatte ich mir das aber nicht vorgestellt. Weder so, hier ohne sie zu sein, noch so, als Geisel des Fuchses gefangen zu sein, um wer weiß was mit mir zu tun.

Aber war sie das denn überhaupt? *Es könnte ja auch eine komplett andere Eule sein. Ich meine, es gibt viele Eulen auf dieser Welt. Wäre doch ein blöder Zufall, wenn genau die Eule, zu der ich wollte, entführt werden würde. Die weise Eule würde sich bestimmt nicht gefangen nehmen lassen. Die ist doch viel zu mächtig und zu weise, sich von diesem blöden Fuchs einsperren zu lassen, oder? Nee, stimmt – das kann sie gar nicht sein. Puh ... noch mal Glück gehabt.*

Der Gedanke, die falsche Eule zu entdecken, war erleichternd. Irgendwie wurde mir in diesem Moment klar, dass ich insgeheim sogar gehofft hatte, die Eule gar nicht zu finden. In purer Ungewissheit zu leben, fühlte sich sicherer an, statt eine große Aufgabe zu haben und sie nicht erfüllen zu können. Also war das womöglich nur eine gewöhnliche Eule, gefangen in einem Käfig. Wie ich hier in dieser Höhle. Nichts Besonderes, genau wie ich. Aber wieso wurde ich denn eigentlich gefangen gehalten? Das konnte mir keiner beantworten, denn es war niemand da. Niemand außer ich und Sheela, die ich weder sah noch hörte.

Abgesehen von dem fehlenden Ausgang war der ganze Raum voller Kristalle und Kräuter. Ich betrachtete meine neuen vier Wände genauer und dann sah ich es: das Unalome-Symbol. *Tatsächlich! Es ist da.* Durch ein kleines Loch in der Höhlendecke, ganz weit oben, fiel ein einzelner dünner Sonnenstrahl genau darauf. *Wie bin ich denn hier reingekommen? Durch dieses kleine Loch ja wohl sicher nicht …*

„Und warum bin ich überhaupt hier eingesperrt? Was mache ich hier?", fragte ich in den Raum, in der Hoffnung, eine Antwort zu bekommen. Ich suchte mein Gefängnis nach einem Ausgang ab – vergeblich. Schließlich legte ich mich hin und wartete … worauf auch immer. Unendliche Leere durchströmte mich innerlich. *Warum bin ich hier? Und wird man mich hier auch wieder rauslassen? Oder soll ich einfach hier vergammeln? Keine Ahnung … Was passiert als Nächstes? Und will ich das überhaupt wissen? Irgendwie ist es immer das Gleiche … Jetzt wieder. Bei anderen geht es hoch hinaus und sie fliegen, wie der Fuchs, und ich bin die, die auf dem Boden bleiben muss. Aber ich will auch fliegen. Höher und weiter und schneller. Aber dieses Gefühl, nur in Zeitlupe voranzukommen, ist stärker. Statt zu laufen oder zu fliegen soll ich jetzt einfach ganz stehen bleiben? Wie soll das gehen? Wie soll ich mich auf meiner Reise weiterbewegen, wenn ich mich nicht weiterbewegen kann? Wie kann ich hochfliegen, wenn ich noch immer Angst habe, so tief zu fallen?*

Irgendwie lebe ich nur, um das jeweils nächste Ereignis in meinem Leben zu würdigen. Das nächste Hoch zu feiern. Das nächste Tief zu betrauern. Und was ist mit der Zeit dazwischen? Sinnlos. Lohnt es sich so, in diesen Zwischenphase irgendetwas zu tun? Lohnt es sich so überhaupt zu leben? So leer und sinnlos … Bin ich also mal wieder an diesem Punkt angekommen. Ich dachte, ich hätte diese Phasen endlich hinter mir gelassen. Wo ist mein Happy End? Was fehlt mir, um das zu bekommen? Ich weiß, ich sollte dankbar für das sein, was ich schon alles erreicht und erlebt habe. Dafür, gesund zu sein, es mir gut geht und ich nicht in Lebensgefahr schwebe. Obwohl … wer weiß. Wenn mich hier niemand rausholt, werde ich hier in dieser Höhle sterben. Dabei würde ich gern weiter in Richtung Ziel gehen – das zu erreichen dauert auch ohne Zwangspause noch ewig … Aber, was ist denn eigentlich ganz genau mein Ziel? So viele Fragen … Irgendwann wollte ich nur noch schlafen. Den ganzen Tag schlafen und darauf warten, bis das Ganze an mir vorbeigezogen war, um dann noch einmal neu zu starten. Alles anders zu machen.

Ich wollte weinen, konnte aber nicht. Es fühlte sich an, als wäre etwas in mir verstopft – der Kanal zu meinem Tränenfluss. Es fühlte sich an, als wäre ich kurz davor zu explodieren oder als würde demnächst etwas passieren. Irgendetwas staute sich gerade … Als würde jemand auf einem Schlauch stehen und du zitterst schon, zählst die Sekunden, bis er gleich platzt. Und dann fließt das Wasser raus – aber nicht vorn, wie es soll, sondern irgendwo mittendrin. Unreguliert. Bis nichts mehr da ist, das fließen kann. So fühlte ich mich gerade. In mir diese sich stauende Energie, die bald ein Ventil brauchen würde. Es konnte jeden Moment passieren.

So eine innere Leere spürte ich zum letzten Mal bei der Integrationsphase nach der ersten Reiki-Sitzung von Großmutter. Da fing ich an, mich mehr mit meinen Träumen und Werten auseinanderzusetzen. Mich bewusst dazu zu entscheiden, den bekannten Weg zu verlassen und stattdessen die Tiefgründigkeit des Lebens zu erforschen. Ich entfernte mich von meinen Freunden, weil ich meine Abende nicht mehr mit sinnlosem Gerede über andere verbringen, sondern wirklich tiefe Gespräche führen wollte … Mich nicht mehr sinnlos betrinken und am nächsten Tag Dinge bereuen wollte, die ich getan hatte, als ich nicht bei Sinnen gewesen war. Und das wollte ich auch jetzt nicht zurückhaben ... Aber ich wollte auch kein schlechtes Gewissen haben, wenn ich allein war. *Wieso will ich überhaupt ein sinnerfülltes Leben haben? Wieso kann ich mich nicht einfach weiter betäuben, zurück in den Autopiloten gehen und das gut finden. Geht es auch anderen wie mir? Strebt denn wirklich keiner sonst danach, den Sinn seiner Existenz zu erfahren? Bin ich einfach nur mal wieder komisch, merkwürdig, anders? ... Okay, ich fange schon wieder an, mich selbst zu bewerten. Ich wollte damit aufhören. Es ist okay, meinen Zustand zu akzeptieren. Es ist okay, auch mal in einer Tiefphase zu sein. Ich nehme es an. Aber ... hallo?! Wie lange dauert das denn noch? Ich habe das hier nicht bestellt! Oder doch? Und falls ja, bei wem? Das müsste ich ja wissen, um es zurückgeben zu können.* Ich schloss meine Augen, riskierte einen Blick nach innen. Es fühlte sich so sicher an. Dort in mir. In meinen Gedanken konnte ich alles sein, konnte ich alles ausblenden. Die Möglichkeiten schienen so unendlich vorhanden. Und wenn ich meine Augen öffnete, war ich wieder zurück in der Realität. Aber meine Gedanken waren doch immer noch in mir – war das also nicht auch die Realität?

„*Du entscheidest das. Du entscheidest, was für dich wahr ist.*“ Sheela tauchte vor meinem inneren Auge auf. „*Keiner kann dir sagen, was für dich wahr ist – nur du selbst.*“ Sie nahm meine beiden Vorderpfoten in ihre. „*Für einige ist es wahr, jeden Tag das Gleiche zu tun. Im Autopiloten zu leben und ihre Gedanken auszublenden. Ihre Empfindungen zu unterdrücken. Lieber etwas anderes zu tun, das sie betäubt, statt sich mit all dem im Innen auseinanderzusetzen. Das ist ihre Realität und das ist okay. Deine ist das nicht. Du kannst entscheiden, was du für dich als wahr empfindest und was nicht. Glaubst du, den Sinn deines Lebens bewusst finden zu müssen? Dann such ihn. Dann ist das deine Wahrheit. Aber wenn du der Meinung bist, dass sich das für dich nicht stimmig anfühlt – wieso jagst du dem dann hinterher? Keiner schreibt dir vor, was du tun oder denken sollst, außer du selbst.*"

Ich atmete tiefer. Mein Körper war schlapp und erschöpft. Innerlich fühlte ich mich immer noch leer. Nicht erfüllt, obwohl ich das wahrscheinlich sein sollte. Die Tränen, von denen ich dachte, dass sie nie kommen würden, wurden in meinen Tränendrüsen produziert. Auch wenn sie noch nicht fließen wollten. Und auch das war okay. Das bewertete ich nicht. *Ebenso wenig, dass sich gerade alles nach Stillstand anfühlt. Dann war das jetzt eben so. Dann würde ich diesen Moment einfach annehmen.*

O Mann, mir fällt absolut nichts ein. Nichts. Mein Kopf ist leer. Eine Leere, die so ein tiefes Loch in mir entstehen lässt und ich nicht weiß, wie dieses Loch zu füllen ist. Ich habe doch gar nichts getan, wieso wurde ich hier eingesperrt? War ich zu neugierig? Ich hätte einfach auf meinem Weg bleiben sollen, stattdessen hab ich mich von meiner Neugierde leiten lassen … Und was habe ich jetzt davon? Eingesperrt zu sein und nicht zu wissen, wie es weitergeht oder warum ich eigentlich hier bin.

„*Manchmal fühlt sich Fortschritt nach Stillstand an. Wie können wir denn auch vorwärtsgehen, ohne ab und zu zurückzuschauen?*" War es wieder Sheela, die zu mir sprach? Ich sah sie nicht mehr. Ich wusste es also nicht. Und eigentlich war es auch egal. Ich fand es noch immer etwas gruselig, eine Stimme zu hören, ohne den dazugehörigen Körper zu sehen. *Ich war auf der Suche nach Antworten und jetzt habe ich noch mehr Fragen als zuvor – und noch immer keine plausible Antwort.*

„Ich weiß, das nervt. Ich finde es auch nervig. Aber bitte: vertraue."

Ja. Und was passiert dann? Ich habe schon vertraut, dann bin ich vom Weg abgekommen und eingesperrt worden. Und jetzt komme ich gar nicht weiter. Werde langsam verrückt und höre Stimmen.

„Das sind wirklich tiefgründige Fragen. Nur du kannst sie dir beantworten."

Ja, es war Sheela. Eindeutig! Ich bemerkte, wie sich eine Falte zwischen meinen Augenbrauen bildete und ich zudem die Stirn runzelte. Ich war noch verwirrter als vorher. Noch verwirrter als in dem Moment, in dem ich hier in dieser Höhle aufwachte. Ich hatte um Antworten gebeten, aber nicht um solche. Nicht wieder in dieser Glückskeksweisheitensprache. Ich hörte ihre Stimme ganz klar und deutlich. *Wie jedes Mal, wenn ich über sie nachdenke,* fiel mir gerade auf. Sie bat mich, die Augen wieder zu schließen und einfach nur zu atmen – und ich hörte auf, all das zu hinterfragen und tat es. Ich holte tief Luft. Einatmen … und ausatmen … Ein … und wieder aus.

Dabei ließ ich ihre Worte nachwirken, doch mein Verstand konnte sie nach wie vor nicht greifen. Mal wieder. Manchmal kam ich mir echt dämlich vor, weil ich ganz normale Sätze einfach nicht verstand. Ich sollte meinen eigenen Übersetzer kreieren: „Glückskeksweisheit → normale Sprache". Ich überlegte. „Glückskeksweisheit: ‚Diese Fragen kannst nur du dir beantworten.' → normale Sprache: ‚Keine Ahnung, frag mich nicht.'" Ich musste lachen. *O Mann, Liora, sei nicht so sarkastisch.*

Plötzlich flackerte es vor meinen Augen … und sie kamen zurück. Die Erinnerungen an den Abend des Vollmondrituals.

Ich wusste plötzlich wieder, welche vergrabene Erinnerung aus meinem Unterbewusstsein hochgekommen war: Es war eine kleine Holzschatulle gewesen, in der sich Erinnerungen an meine Eltern befanden. Großvater hatte immer darauf beharrt, dass diese Schatulle verschlossen und gut verwahrt blieb, damit nichts verloren ging. Aber eines Tages wollte ich die Schatulle reinigen. Ich hatte die Sachen nur für einen ganz kurzen Moment aus den Augen gelassen … und dann waren sie einfach nicht mehr da gewesen. Einfach verschwunden! Jemand hatte sie geklaut samt Inhalt! Ich hatte sie doch nur saubermachen wollen, weil sie so dreckig gewesen war. Wir haben etwas Kostbares verloren, die Erinnerungen, die in Lichtkugeln gefangenen und unersetzbar waren. Ich fühlte mich so schuldig. Ich badete lange Zeit in meinen Schuldgefühlen und konnte es Großvater auch erst einige Jahre später beichten. Seitdem versuchte ich alles perfekt zu machen. Keine Fehler mehr zu machen, um nicht kritisiert zu werden. Doch ich spürte: Es war nie genug für Großvater.

Vor mir hatte ich jemanden gesehen … ganz verschwommen. Das Wesen hatte mich in den

Arm genommen. „Es war nicht deine Schuld, Liora. Sprich nun aus, was du damals gern aus dem Mund deines Großvaters gehört hättest.“ *Ah, es war der Adler!*

Ich hatte tief Luft holen müssen, um diese Worte überhaupt zu formulieren und sagte dann zu meinem inneren Kind: „Liora, es ist nicht deine Schuld. Ich verzeihe dir und ich liebe dich trotzdem.“

Wow. Ich habe mir das sogar geglaubt. Ich konnte mir das, was damals passiert ist, endlich selbst verzeihen! Ich war geflasht. Es war gar nicht meine Schuld. Fehler passieren und vielleicht sollte es sogar so sein. Vielleicht hatte auch das einen Grund.

„Es gibt keine Fehler – nur Erfahrungen. Und jede Erfahrung bringt uns weiter“, flüsterte Sheela mir zu.

Irgendwann war ich wohl eingeschlafen. Denn ich wurde wieder wach und erinnerte mich noch diffus daran, von Zuhause geträumt zu haben. Vor Sehnsucht und Heimweh? Oder lag darin eine verborgene Botschaft? Irgendetwas war auf jeden Fall passiert, denn ich war zwar immer noch erschöpft, doch gleichzeitig so viel lebendiger. Ich fühlte mich so befreit, nachdem ich mich meinen Erinnerungen und Schuldgefühlen gestellt hatte. Unglaublich! Ich fühlte mich wie neugeboren und war dankbar für alles, was ich seitdem hatte erfahren dürfen. Vielleicht musste ich all das erleben, um zu erkennen, dass ich eigentlich niemanden brauche, der mir sagt, dass ich großartig bin. Niemand, der mir sagt, dass ich nicht perfekt oder genug sein muss für Großvater oder irgendwen anders – sondern nur für mich selbst. Ich sah Sheela vor meinem inneren Auge schmunzeln und wusste genau, dass sie mich für diese Erkenntnis gerade feierte.

KAPITEL 18

DAS IST DOCH KEIN WETTBEWERB

Ein lautes Klimpern. Was war das?! Ich spitzte die Ohren. *O Mann … Nicht zu wissen, was als Nächstes passiert, bringt mich fast zur Weißglut.* Dann Schritte. Jemand näherte sich und trat – bitte was?! – einfach durch die Wand zu mir in die Höhle.

„Na? Hast du dirs schön gemütlich gemacht?“

Lustig … Ich liebe Sarkasmus. Wenn er nicht gegen mich gerichtet ist.

Es war der Fuchs. Er kaute grinsend auf seinem Grashalm herum.

Was für ein Klischee-Bösewicht. Wieso habe ich das nicht eher bemerkt?! In mir zog sich einmal mehr alles zusammen. Er schaffte es jedes Mal aufs Neue, mich innerhalb von Sekunden durch seine bloße Anwesenheit rasend zu machen. Als wäre ich einfach falsch und er der König der Welt. Ich starrte ihn mit meinem giftigsten Blick an und spürte, wie ich meine Stirn runzelte.

„Tja, kleine Wölfin – wies aussieht, hab ich die Eule vor dir gefunden. Heißt: Ich werd vor dir genau das erfahren, was du wissen willst – den Sinn des Lebens“, posaunte er heraus.

Es dauerte einen Moment, bis in meinem Gehirn die Zahnräder ineinandergriffen. Es war also wirklich die Eule! *Aber gibt sie einem die Antworten nicht sowieso? Warum sperrt er sie ein? Und mich?*

„Wieso …?“, fragte ich mitfühlend, als wüsste er ganz genau, was ich damit meinte.

„Wieso ich dich eingesperrt hab? Damit du keine Chance hast zu entkommen. Genauso wenig wie die Eule. Erst hatte ichs ja nur auf sie abgesehen – ich hätt nicht mal gedacht, dass du den Weg hierher ohne Karte überhaupt findest.“ Er grinste mich hochnäsig an und spuckte auch noch widerlich auf den Boden. „Aber dann warst du plötzlich da und ich dachte mir: Hey, wieso sperre ich dich nicht auch einfach ein – dann kannst du meinen Triumph mitansehen.“ Er lachte laut und dreckig.

Ich verdrehte die Augen, versteckte es nicht einmal. „Und was hast du davon? Das hier ist doch kein Wettbewerb, wer schneller weiß, wofür er hier ist. Was machst du denn, wenn du die Antwort hast? Was wird sich in deinem Leben verändern?“, fragte ich.

„Na … Ich weiß es und allein das wird alles verändern“, sagte er und verschwand, ohne auf meine anderen Fragen einzugehen, durch die Wand.

Aha. Interessant. Das hatte ich mir Anfangs auch so vorgestellt. Doch so langsam stellte es sich heraus, dass dies nicht der Fall war. Irgendwie war es spannend zu beobachten, wie sich meine eigenen Überzeugungen veränderten. Ich erkannte mein altes Ich so sehr in seinen Worten wieder … Okay – nur dass ich niemanden entführt und gefangen genommen hätte. Gut, jedenfalls würde der Fuchs nun meine Antworten bekommen, und ja, ich fühlte mich deswegen mies. Echt mies. Wieder so zerstreut.

Ich rollte mich auf dem Höhlenboden zusammen und schloss die Augen. *Manno … Ich bin ein gutes Wesen und habe ein reines Herz. Doch passieren mir schlechte Dinge. Andere Wesen kommen in mein Leben und bringen meine geliebte Harmonie ins Kippen. Was für ein absoluter Mist. Warum passiert guten Seelen Schlechtes? Und die Bösen kommen einfach so davon? Was zur Hölle hab ich falsch gemacht? Warum sind andere so? So korrupt. Wo ist deren Herz? Haben sie überhaupt eins? Muss wohl … Sonst wären sie ja nicht am Leben. Status … Macht … Das Ego übernimmt die Überhand und plädiert auf sein Recht. Schuld zugeben? Nein. Das wäre ein Anzeichen von Schwäche. Das Böse kommt davon und die Naiven, die Herzensguten, bleiben auf ihren Bemühungen sitzen. Toll Liora, wirklich toll!*

„Keine Seele ist von Grund auf böse. Sie hat nur vergessen, wer sie in Wahrheit ist. Jedes an die Seele gekoppelte

Ego ist verletzt und handelt aus diesen Verletzungen heraus. Das liegt nicht an dir, Liora – es ist keine persönliche Bestrafung. Im Gegenteil: Es sind Verabredungen, die eure Seelen getroffen haben", sagte Sheela. „*Egal, wie achtsam du bist, du kannst nicht kontrollieren, wie andere agieren oder reagieren. Wir leben in einer Welt, in der zwischenmenschliche Beziehungen unvermeidbar sind. Du kannst niemand retten und ‚gut machen' außer dir selbst. Das Einzige, das du kontrollieren kannst, ist, wie du agierst und reagierst. Solche Momente sind Weckrufe deiner Seele. Weckrufe, die dich dazu bringen sollen, dich zu hinterfragen. Weckrufe, die dazu führen, endlich aufzuwachen und dein Leben zu leben.*"

Ich nickte, konnte ihre Worte sogar greifen. Sie mussten nur noch etwas auf Verstandesebene nachwirken.

„*Lass mich dir eine Geschichte erzählen*", sagte Sheela.

Ich nickte. Was sollten wir auch sonst in dieser Höhle machen?

„Es ist die Geschichte von Sonne und Mond. Die Sonne strahlte den lieben langen Tag, der Mond nicht allzu oft und nur nachts. Irgendwann bekam er mit, wie sich alle immerzu darüber freuten, die Sonne zu sehen. Doch über ihn freute sich niemand. Stattdessen erreichten ihn nur zahlreichen Beschwerden über die Schlafprobleme bei Vollmond. Das machte den Mond traurig … Er wollte so sein wie die Sonne: immer strahlen, immer glücklich sein. Doch er konnte es nicht und so fühlte er sich leer. So innerlich leer, dass er sich von Zeit zu Zeit ganz zurückzog. Dabei stellte er fest, wie dadurch die Samen der Einsamkeit und Verlorenheit in ihm heranwuchsen.

Eines Tages standen die Sonne und der Mond gleichzeitig am Himmel und der Mond beschloss, sich verletzlich zu zeigen und teilte seine tiefste Sehnsucht: ‚Weißt du, liebe Sonne, ich fühle mich von dir geblendet und in den Schatten gedrängt. Wie kannst du den ganzen Tag so glücklich sein und strahlen? Ich will das auch.'

‚Nein, glaube mir, lieber Mond, das willst du nicht. Ich wurde so geboren. Mir wurde gesagt, ich müsse immer lachen und strahlen, selbst wenn ich das gar nicht will. Ich will auch mal traurig sein dürfen, nicht grinsen müssen. Aber das darf ich nicht. Ich muss strahlen. Du hingegen hast es gut. Du kannst so sein wie du bist. Mal bist du heller, mal bist du ganz weg. Bei mir ist es so: Wenn Wolken mich verdecken oder es regnet, bemühe ich mich sogar noch stärker zu strahlen, damit es nicht zu traurig wird auf der Welt. Ich hasse das.'

Damit hatte der Mond nicht gerechnet und zeigte doch seine mitfühlende Seite. ‚Ich kenne das gut. Ich habe auch Phasen, in denen ich mich leer fühle. Und dann gibt es Phasen, da fühle ich mich vollständig … Aber sie dauern immer nur kurz an.'

Die Sonne sagte: ‚Besonders nachts bin ich wie erstarrt und verstecke mich. Um ehrlich zu sein, fürchte ich mich vor der Dunkelheit sogar. Zwar ist das die einzige Zeit, in der ich nicht strahlen muss. Eigentlich sollte ich mich darüber freuen … Aber stattdessen macht es mir Angst. Weil ich nicht gebraucht werde, ja, sogar nicht erwünscht bin. Wieso glaubst du, in deiner Vollkommenheit nicht genug zu sein? Du bist es, der mir nachts mit seinem sanften Strahlen Trost spendet.'

‚Ich strahle nachts?', fragte der Mond ganz verblüfft.

‚Du bist immer da. Tag und Nacht. Aber besonders nachts sehe ich dich in deinem Licht strahlen – das beruhigt mich. Sieh genau hin, dann stellst du fest, dass alles, was du brauchst, nur du selbst bist. Alles ist bereits in dir', sagte die Sonne." Sheela hörte auf zu sprechen.

„War das etwa die ganze Geschichte?", fragte ich.

Sheela bejahte.

„Der Mond hat sich mit der Sonne verglichen und die Sonne mit dem Mond. Beide wollten das, was sie im anderen sahen, aber keiner von beiden hat es bekommen", fasste ich meine Interpretation der Moral dieser Geschichte zusammen.

„*Mmmh … nicht ganz. Viel zu oft vergleichen wir uns mit anderen und vergessen dabei, welche Geschenke wir in uns tragen. Jeder steht in seinem eigenen Licht. Der Mond brauchte die Dunkelheit und den Spiegel der Sonne, um zu erkennen, dass er jederzeit vollkommen ist und gesehen wird. Selbst dann, wenn er es selbst nicht wahrnimmt, und dass er sogar durch sein Sein eine große Unterstützung ist. Die Sonne hingegen erkannte durch den Mond, dass auch sie in jedem Moment vollkommen ist, auch dann, wenn sie all ihre Facetten erlaubt und mal nicht strahlt. Manchmal brauchen wir den Kontakt zu anderen, um unsere Einzigartigkeit zu erkennen. Beide sind immer da. Beide leuchten jeder für sich auf seine Art und Weise. Und so ist das auch mit uns: Jeder von uns durchläuft Phasen der Leere und solche, in denen wir uns vollkommen fühlen.*"

Für einen Moment war alles ruhig. Dann nahm ich zum ersten Mal, seit ich hier gefangen war, wieder Umgebungsgeräusche wahr. Ich hörte draußen die Vögel zwitschern, als würden sie einander Botschaften übermitteln … Na ja, in irgendeiner Form tun sie das ja auch. Mein Blick wanderte über die Kristalle und Kräuter der Eule in meinem Gefängnis und blieb an einem kleinen Loch in der Wand hängen. Moment mal … War das ein Fenster? Orangerotes Licht strahlte herein. Das war doch gerade noch nicht da …?! Ob ich wohl da hochklettern könnte? Es war relativ weit oben, doch ich glaubte, ich könnte es schaffen, hochzuspringen. Motiviert raffte ich mich auf und rieb meine Vorderpfoten aneinander.

„Okay, Liora, du schaffst das. Du kannst alles schaffen, was du willst!“, jubelte ich mir selbst zu, als wäre ich mein eigener Cheerleader. Ich nahm ein paar Schritte Anlauf, sprang ein Stück höher an die Wand, krallte mich in die Fugen zwischen den Steinen und zog mich hoch. Noch ein kleines bisschen, dann hätte ich die Stangen vor dem Fenster erreicht. Geschafft! Sie erleichterten meinen sportlichen Akt noch etwas mehr und gleich darauf schaffte ich es tatsächlich nach draußen zu schauen. Und: wow! Ich hatte nicht viel erwartet und was ich nun sah, war umso schöner. Die Sonne ging auf und färbte den Himmel orangerot. Rechts standen Bäume, wo wahrscheinlich die Vögel saßen, und direkt unter meinem Fenster befand sich ein Wassergraben. Es war unmöglich, durch die Gitter zu fliehen. *Wie soll ich denn jemals hier rauskommen?*

Ich sehnte mich nach Freiheit. Tun, was ich tun wollte, nicht eingesperrt zu sein oder den Befehlen folgen zu müssen. Was für ein schönes Gefühl. Ich vermisste sie, die Freiheit. Und dann wurde mir etwas klar: *Das ist doch Schwachsinn. Ich war doch die ganze Zeit frei. Ich konnte doch tun und lassen, was ich wollte – keiner hat mich je daran gehindert. Keiner außer mir selbst …*

Uff … Das erinnerte mich an Sheelas Worte. Genau das hatte sie mir auch gesagt, aber erst jetzt konnte ich ihre Bedeutung greifen. Erst wenn man etwas, das man lange nicht schätzte, nicht mehr hat, kommt das Verlangen, es wieder schätzen zu können; es nicht als Selbstverständlichkeit anzusehen. Das ist wirklich schade. Wieso können wir Dinge nicht einfach wertschätzen, wenn wir sie noch haben?

Na toll … Und noch mehr Fragen. Habe ich eine beantwortet, folgen direkt drei neue. Das wird noch ein Spaß hier …

Ich schaute wieder zum Himmel und da bemerkte ich den Regenbogen. Der Kobold kam mir direkt wieder ins Gedächtnis. *Was hat er noch mal gesagt? Nach jedem Regen folgt Sonnenschein?* Wie passend … Diese Leere, die ich spürte – war das also einer der regnerischen Tage? Bedeutete das, dass ich mich dem einfach hingeben sollte und dann würde die Sonne von ganz allein wieder rauskommen? Vielleicht war das aber auch so eine Situation wie in der Geschichte von Sonne und Mond. Vielleicht brauchte ich nur jemanden, der mir zeige, was ich eigentlich schon wusste und nur nicht sah? *Das ist alles so spannend.* Die vergangenen Ereignisse, und tatsächlich jeder Moment in meinem Leben, waren wie einzelne Puzzleteile. Bis jetzt lagen sie nur da und passten nicht aneinander, doch allmählich begannen sie, sich zu einem Bild zusammenzusetzen.

KAPITEL 19

ES GIBT KEIN ZIEL

„Nein! Das kann nicht wahr sein! Ich glaube dir nicht! Du bist eine Betrügerin!“, hörte ich den Fuchs von irgendwo in der Höhle plötzlich schreien.

Er tobte. *Oh … die Antwort der Eule stellt ihn wohl nicht zufrieden.* Ganz im Gegenteil. Doch was sie ihm gesagt hatte, hatte ich leider nicht gehört. Dafür gingen sie extra nach draußen.

In Fußfesseln wurde die Eule von einem der Adler durch die Wand in mein Gefängnis gebracht. Ich schaute sie an und war verblüfft, wie unglaublich gelassen sie wirkte. Die Situation schien sie so gar nicht zu berühren. Ich bewunderte diese Gelassenheit und innere Ruhe. Kurz blickte sie mich an und schüttelte den Kopf. „Weder konnte noch wollte er es verstehen – und ich bezweifle, dass er es jemals verstehen wird."

Mit dieser Reaktion hatte ich noch viel weniger gerechnet. Wieso sagte sie so etwas?! Vor einer Sekunde hatte ich sie noch bewundert und jetzt wertete sie ein anderes Wesen ab. *Welches Recht hat sie, andere zu beurteilen … sich damit über alle zu erheben?!* Es flackerte nur so vor meinem inneren Auge, so heftig schlugen die Gedankenblitze ein. Mein Kopf kribbelte. *So muss es sich anfühlen, wenn man eine lebensverändernde Erkenntnis hat … Neue Nervenzellen verbinden sich. Ich selbst bin auch in der Bewertung. Ich bewerte mich ständig, dass ich noch nicht so weit bin, dass ich zu ungeduldig oder zu was auch immer bin. Wieso bin ich so hart zu mir? Wieso lasse ich das nicht einfach sein?*

Da stieg Mitgefühl in mir auf – Mitgefühl mir und auch dem Fuchs gegenüber, für den ich vorher nur Mitleid empfunden hatte. Ich habe den Fuchs als arrogant abgestempelt, obwohl ich seine Geschichte nicht kannte. Erst als mich jemand bewertete, bewegte es mich. Ich sollte aufhören, mich und andere in Schubladen zu stecken. Ich konnte es doch selbst nicht leiden. Durch Bewertung tat ich jedoch genau das, was ich selbst so sehr verabscheute. Denn es ist nicht dienlich, so hart zu mir und anderen zu sein. Vielleicht sehe ich die Welt dann aus einer neuen Perspektive, wenn ich offen für die anderer bin? Und so fragte ich die Eule: „Warum glaubst du das?"

„Wenn wir an Erwartungen festhalten, können wir uns nicht für das öffnen, was vor uns liegt. Wenn wir nicht lernen, unsere Emotionen zu regulieren, kontrollieren sie uns. Wenn wir erst mal in einem emotionalen Loch sitzen, kommen wir da nur sehr schwer wieder heraus. Von daher … richte den Blick lieber auf das Positive als auf das Negative. Lass nur positive Emotionen zu“, lautete ihre Antwort.

Ich hatte genickt während sie sprach – die ganze Zeit –, aber wahrscheinlich nur aus Reflex und Gewohnheit. Weil ich eben immer nickte, wenn ich gerade Informationen aufnahm. Nicht immer, um meinem Gegenüber zuzustimmen. Vielleicht glaubte ich auch, so eine schnellere Verbindung zu meinen Gehirnzellen aufzubauen und es schneller zu begreifen, aber in Wahrheit verstand ich es mal wieder nicht. Oder besser gesagt: Ich verstand nicht, warum sie das glaubte. Wieso bewertete, kategorisierte sie Emotionen in positiv und negativ? Und dann gab es da ja immer noch diese eine Frage, die mich nicht schlafen ließ … Und jetzt, wo sie schon mal hier war … „Kannst du mir sagen, was der Sinn meines Lebens ist? Was ist das Ziel? Und was hast du dem Fuchs gesagt?“

„Der Sinn des Lebens besteht darin zu leben.“

Ich schluckte. Das war auch für mich nicht die Antwort, mit der ich gerechnet hatte, und sie stellte mich keinesfalls zufrieden. Ich hatte schon geahnt, dass so etwas kommen würde, aber ich hatte es noch nicht akzeptieren wollen.

Die Eule kratzte mit ihren Klauen das Unalome-Symbol in den Höhlenboden: „Wir neigen dazu, immer wieder dieselben Fehler zu begehen und in unserem Muster gefangen zu bleiben. Manchmal ist es wie ein Teufelskreis, aus dem wir nicht entkommen können, ein anderes Mal haben wir das Gefühl, einen Schritt zurückzumachen, obwohl wir in Wirklichkeit eine höhere Stufe erreicht haben und die Herausforderung nun mit einer erhöhten Weisheit meistern können. Die Wiederholungsschlaufen werden wie bei diesem Symbol immer kleiner, weil die Lehren des Lebens uns nicht mehr so stark aus der Bahn werfen. Es geht darum, nicht auf einer Seite der Schlaufe zu verharren, nicht ganz links oder ganz rechts – metaphorisch für extrem positiv oder extrem negativ – zu bleiben, sondern durch die Polaritäten des Lebens zu lernen, immer wieder in deine Mitte zurückzufinden. Du siehst also schon anhand dieses Symbols, wie die Umwege, die uns das Universum schenkt, ein notwendiger Teil unserer ganz persönlichen Erfahrungen sind."

„Aber was genau hat das mit dem Sinn *meines* Lebens zu tun? Hat nicht jeder eine eigene Aufgabe auf dieser Welt? Welche ist meine?"

„Das Leben schenkt uns Stolpersteine. Erkenne das Licht und die Dunkelheit. Du kannst alles sein. Der Sinn des Lebens besteht darin, das zu erfahren. Ja, es stimmt: Jeder hat seine eigene Bestimmung in dieser Welt. Jeder ist etwas Besonderes. Jeder hat ein eigenes Talent. Einige kennen und leben es, andere lassen sich von ihren Selbstzweifeln auffressen. Das Ziel? Es gibt keines. Du wirst niemals ankommen, wenn du nach dem Ziel suchst. Wenn du so weit bist wie ich und erkannt hast, was du mit der Welt teilen kannst, dann ist das deine Bestimmung. Eine große Mission, die mir von den Göttern aufgetragen wurde. Nicht jeder hat eine solch besondere Rolle wie ich." Sie sah mich so selbstsicher und von oben herab an, dass ich sofort das Gefühl bekam, nicht richtig zu sein.

Nicht besonders – wie sie. Noch nicht so weit. Aber wollte ich das überhaupt? Nein! Ich begriff nicht, wieso sich jemand, der „so weit" war, selbst auf ein so hohes Podest stellte. *Was interessieren mich die anderen, wenn ich auf meiner ganz persönlichen Reise bin?! Und was ist denn deine ach so besondere Rolle, Eule? Andere kleiner zu machen als sie sind?! Sollte mir ein weiser Guru nicht eher Mut machen?* All die Dinge, die mir die Eule erzählte, waren nichts weiter als leere Aussagen und Bewertungen. Ich wollte doch wirkliche Antworten. Keine, die ihr ein besseres Gefühl gaben, indem sie andere abwertete. Ich nahm wahr, wie mein Hals wieder enger wurde, wie ich diesen Druck spürte, meine Gedanken mitzuteilen. *Aber sie wird es wohl nicht verstehen … Ach, egal – ich habe ja nichts zu verlieren.* Ich räusperte mich.

„Also ich sehe das nicht so. Ich finde, jeder ist etwas Besonderes. Einige wissen nicht, wie besonders sie sind, haben es vielleicht vergessen – wie ich. Aber ich weiß zumindest, dass ich in meinem Herzen besonders und einzigartig bin. Genau so wie ich bin." Es sprudelte nur so aus mir heraus und plötzlich fing ich an zu weinen, weil mich meine eigenen Worte so berührten. Zum ersten Mal hatte ich die Stärke, es laut auszusprechen und auch wirklich zu glauben, was ich da sagte. „Ja, ich bin emotional und sensibel, aber genau das macht mich aus. Meine Schwäche ist mein größtes Geschenk. Ich muss mich nicht mit anderen vergleichen, damit ich mich besser fühle. Danke für diese Erkenntnis."

„Liebend gern. Das ist meine Aufgabe", sagte die Eule.

Ich schaute sie nur verwirrt an. Mein Dank war nicht an sie persönlich gerichtet gewesen, war eher generell gemeint – Dankbarkeit an mich selbst und an alle energetischen Wesen, die mich dabei unterstützt hatten, diese Erkenntnis zu gewinnen. *O bitte, befreie mich aus dieser Höhle und dieser Situation …*, dachte ich. Betete ich. Ich wusste nicht einmal, wen ich da eigentlich anbetete, schickte den Wunsch einfach in die Weiten des Universums.

Die Unterhaltung mit der Eule hatte mich sehr angestrengt. Mein Körper fühlte sich so schwer und müde an. Irgendwie hatte ich mir die Eule empathischer vorgestellt. Nicht so … Ich ertrug es nicht mehr, hier zu sein. „Wo ist der Ausgang? Ich möchte gehen."

Die Eule zeigte auf die Wand. „Einfach durch die Wand. Allerdings sind die Wände mit Schlangengift überzogen und ohne magischen Staub kommt man nicht lebend durch. Außer … Nun ja … Leider hat mir der Fuchs meinen Beutel mit Staub gestohlen."

Na super. Also bin ich hier mit ihr gefangen. Für wie lange denn bitte?!

KAPITEL 20

ABER … DA IST NICHTS. NUR EINE WAND

Ich sah eine wunderschöne Wiese voller violetter Blumen, näherte mich ihr … Lavendel – natürlich! Wie angenehm das duftete. Dieser Geruch beruhigte mich immer wieder. Mein Anker, der mir so viel Sicherheit und Geborgenheit schenkte.

„*Fühlst du, dass das, was du glaubst, wahr ist, weil du es wahr machst?*“, fragte eine sanfte Stimme.

Ich drehte mich um und ahnte es schon: Es war Sheela! Ich umarmte sie. Sie schenkte mir jedes Mal so ein geborgenes Gefühl. Sie wiederholte ihre Frage und ich hielt einen Moment inne, ehe ich nickte. Diesmal, weil ich wirklich verstand und ihr zustimmte. „Ja, ich fühle es. Es gibt nicht nur eine Wahrheit – es gibt mehrere Wahrheiten; je nachdem, was ich glaube und als wahr erachte."

Sie lächelte und wärmte mit diesem Lächeln mein Herz. „Denk immer daran: Du allein bist dein bester Guru. Du brauchst niemanden, der dir Antworten schenkt. Höre einfach auf deine Intuition."

„Also auf dich?", fragte ich.

„Genau. Ich bin du, und du bist ich. Ich bin ein Teil von dir – war es und werde es immer sein. Du fühlst mich, hörst mich, und obwohl du mich nicht siehst, bin ich doch immer da. Wirklich immer. Du wählst, ob und wann du mich sehen willst", sagte sie. Da umarmten wir uns noch einmal und dieses Mal spürte ich, wie sie sich langsam auflöste. Aber es war nicht so, als würde sie verschwinden – eher, als hätten wir uns miteinander verbunden und wären zu eins verschmolzen.

Tränen flossen über mein Gesicht. Ich war so dankbar und glücklich wie noch nie in meinem Leben, weil alles so richtig war. Und nun sahen die Lavendelblüten noch violetter aus als zuvor. Die Sonne strahlte noch heller, der Himmel war noch blauer und ich sah noch buntere Schmetterlinge. Ein ganzer Schwarm kreiste über mir. Einer war gelb, ein anderer blau – ein orangefarbener Schmetterling landete auf meiner rechten Vorderpfote. Oh … was ist das denn? Ich bemerkte einen schwarzen Fleck. War das Schmutz? Ich versuchte ihn wegzuwischen, aber es ging nicht … Nein, das war schwarzes Fell. Eindeutig. *Mein Fell wurde schwarz!*

„Falls du doch mal vergisst, dass ich immer da bin", hörte ich Sheelas sanfte Stimme.

Ich lächelte aus tiefstem Herzen und bedankte mich bei ihr und dem Schmetterling, der mich darauf hingewiesen hatte. Er flog zurück zu den anderen und plötzlich kamen sie immer näher, kreisten direkt um mich. Puh, warum kommen die denn so nah? Das war schon etwas beengend. Ich ging ein Stück weiter in die Wiese, aber sie kamen mit. Ich ging schneller. Sie wurden auch schneller. Schließlich rannte ich hektisch los, stolperte, hatte plötzlich das Gefühl, der Boden würde mich verschlucken.

Ich öffnete meine Augen und … wachte in der Höhle auf. Was …?! Mein Blick fiel auf meine rechte Vorderpfote. Ein schwarzer Fleck. Ein orangefarbener Schmetterling flog vor meiner Nase herum. *Ist das gerade wirklich passiert oder habe ich das geträumt? War das real?* Der Fleck auf meiner Pfote war da. Der Schmetterling aus meinem Traum auch. Plötzlich hielt er vor meinem Gesicht an. „Hallo, Liora!"

Ich riss die Augen weit auf. War wie in Schockstarre. *Woher kennt er meinen Namen?*

„Ich bin es", sagte der Schmetterling.

Ich sah ihn verwirrt an und er lachte.

„Erkennst du mich denn nicht? Ich bin es – die Raupe."

Es brauchte ein paar Atemzüge bis ich mich endlich entspannte und meine Erinnerungen hochkamen. *Ach die kleine Raupe, die sich abgekapselt hatte.* Nun war sie ein Schmetterling. „Sieh dich an in deiner Schönheit! Du hast dich aber verändert!"

„Ja, doch im Kern bin ich noch immer die gleiche Seele, wie die der Raupe. Verwandelt in meiner schönsten Version. Liora, ich verstehe deine Worte jetzt. Danke, dass du mir aufgezeigt hast, wahrlich ich zu sein und wie wunderschön das Ich-Sein doch ist. Ich habe mich weiterentwickelt, obwohl ich Angst davor hatte, wer ich sein könnte."

Wow. Die kleine Raupe hatte sich in ihren dunklen Kokon verkrochen, ohne zu wissen, was sie danach erwarten würde. Sie dachte, ihr Leben wäre vorbei, dabei hatte es gerade erst begonnen. Schließlich durchlief sie eine transformative Metamorphose und hatte den Kokon als Schmetterling verlassen.

„Du bist so anmutig und inspirierst mich. Du bist etwas Besonderes, hast etwas geschafft, das nicht jeder kann."

Doch der Schmetterling sagte: „Natürlich kann das jeder. Du glaubst nur, es nicht zu können, und deshalb kannst du es wirklich nicht. Erst als ich losgelassen habe, habe ich das erkannt, und nun sieh mich an. Ich hätte niemals geahnt, mich in meiner Haut so wohlzufühlen. Du kannst das auch!"

Hm ... Diese Worte kenne ich doch. *Es ist nur deshalb nicht wahr, weil ich selbst glaube, dass es nicht wahr ist.* Aber wenn die kleine Raupe das kann, kann ich es doch auch.

Der Schmetterling nickte und grinste. „Worüber denkst du nach?"

„Ich sitze hier fest und komm nicht raus. Aber vielleicht sitze ich auch nicht hier fest. Ich weiß nicht genau, was ich glauben soll."

„Glaubst du, du sitzt hier fest, oder sitzt du wirklich hier fest?“, fragte er.

„Ich glaube, wir sind hier in der Höhle eingesperrt. Die Eule sagte, dass man nur mit dem magischen Staub rauskommt.“

„Hast du es denn schon ohne Staub ausprobiert? Oder hast du nur darauf gewartet, dass dich jemand befreit?“

Ich fühlte mich ertappt. Vielleicht hatte ich insgeheim doch die Hoffnung gehabt, dass der Fuchs wiederkommen und mich freilassen würde oder die Eule doch noch einen magischen Staubbeutel bei sich trüge.

„Na ja … Einmal habe ich es versucht, aber das Fenster ist so klein und außerdem vergittert“, antwortete ich und bemerkte schon beim Aussprechen, dass es eine schwache Ausrede war.

„Und andere Wege hast du nicht ausprobiert?“, fragte der Schmetterling.

Ich zuckte nur mit den Schultern und schüttelte dann den Kopf.

Er flog zu dem Teil der Wand, durch den der Fuchs gegangen war, und schaute ihn sich an. Danach schaute er zu mir rüber, als wäre es offensichtlich, dass dort der Ausgang war.

„Aber … da ist nichts. Nur eine Wand.“

„Glaubst du, dass da eine Wand ist, oder ist da wirklich eine?“

Ich ging dorthin und sah die schleimige grüne Substanz, die sie bedeckte. Ja, da war eindeutig eine Wand und eindeutig ekliges Schlangengift. Kein Durchkommen. Dann warf ich mich etwas fester dagegen, aber nichts passierte. Es ging nicht.

„Siehst du? Keine Chance. Jetzt muss ich wieder Geduld haben, stimmts?“

Der Schmetterling schaute mich mit großen Augen an.

„Hier gibt es keinen Ausgang“, sagte die Eule. Sie hatte mich beobachtet.

Der Schmetterling flatterte abwehrend mit den Flügeln. „Ach, das ist doch nur eine Entschuldigung, weil es hier so bequem ist. Es liegt an uns zu entscheiden, wann der richtige Zeitpunkt für Geduld ist. Geduld zu haben und zu warten, dass etwas passiert, sind für mich im Übrigen zwei unterschiedliche Dinge. Wir haben immer die Macht, Liora! Tief in dir weißt du, was wahr ist. Höre auf die Stimme in dir.“

Ich schloss meine Augen und legte meine rechte Vorderpfote auf mein Herz. Seit ich den Fleck auf meiner rechten Pfote hatte, war es auf einmal so viel einfacher, eine Verbindung zu Sheela aufzubauen. *Fühlst du, dass das, was wahr ist, wahr ist, weil du es wahr machst?* Sheelas Stimme in meinem Kopf kam hervor. Ich ließ die Worte auf mich wirken. Ja, ich hatte es nun wirklich verstanden.

„Ich allein entscheide, ob ich etwas als wahr empfinde oder nicht. Ob ich hier eingesperrt bin oder nicht. Kein anderer kann mir seine Meinung oder seine Wahrheit aufzwingen, wenn ich es nicht zulasse – und ich lasse es nicht zu. Ich weiß, dass ich nicht den Rest meines Lebens darauf warten will, dass etwas passiert, um aus dieser Zelle zu kommen. Genauso wenig, wie ich mein Leben nach etwas ausrichten will, das jemand für meine

Bestimmung hält. Ich entscheide, wie ich mein Leben lebe. Ich allein!“ Ich atmete tief durch. *Wow … das fühlt sich total ermächtigend an.* Und Sheelas Stimme sagte: *Erinnerst du dich noch an den Wunsch, den du dem Adlerhäuptling gegenüber geäußert hast?*

Ja, natürlich. Ich habe mir gewünscht, in meine Kraft zu kommen und endlich zu wissen, was meine Bestimmung ist. Der Wunsch ging aber nicht in Erfüllung …

Noch nicht. Denn der Wunsch kann erst in Erfüllung gehen, wenn du dem Universum auch zeigst, dass du würdig bist, in deiner Kraft zu sein. Das Leben bietet dir dazu immer wieder Gelegenheiten. Du darfst sie wahrnehmen. Und dieser Moment hier ist so eine Gelegenheit. Nutze ihn. So langsam wurden Sheelas Worte zu meinen eigenen, und so langsam konnte ich dadurch auch klar unterscheiden, welche Worte direkt aus meinem Herzen stammen und welchen ich so wirklich Vertrauen schenken sollte.

Nutze die Gelegenheit – okay. Aber, was soll ich tun? Was kann ich machen? Ich hatte alle möglichen Ideen im Kopf, wie ich aus dieser Zelle ausbrechen könnte, doch schien mir im Endeffekt alles sehr unrealistisch.

Sheela ermutigte mich: *Frag nicht nach dem Was, sondern nach dem Wie. Wie kann es dir gelingen, eine kreative Lösung zu finden? Wie einfach kann es sein, diese Situation zu verändern? Vertrau auf die Kraft deiner Herzenergie und folge den Impulsen!*

Es war wieder wie ein Blitzmoment. Ich kapierte es nicht nur mit dem Verstand, sondern auch mit dem Herzen. *Ich bin kein hilfloses Opfer, das gerettet werden muss oder darauf wartet, dass etwas passiert. Ich komme hier raus – egal wie! Ich finde eine Lösung.* Statt wie zuvor ziellos durch den Raum zu laufen und meine Energie zu verschwenden, war ich plötzlich absolut ruhig. Ich vertraute darauf, dass ich rauskommen würde, auch wenn ich gerade nicht wusste, wie. Ich blieb einfach offen für kreative Möglichkeiten. Sheela freute sich für mich. Sie war so stolz – und ich spürte es, weil ich selbst auch stolz auf mich war, dass ich zu dieser Erkenntnis gekommen war. Ich öffnete die Augen wieder und der Schmetterling grinste mich mit einer solchen Herzensgüte an, als hätte er meinen inneren Monolog mitbekommen.

„Wie einfach kann es sein, diese Situation zu verändern? Wie einfach kann es sein, diese Situation zu verändern?“, flüsterte ich. Ich stellte mir vor meinem geistigen Auge vor, wie ich bereits in Freiheit war und meine Reise fortsetzte – wohin auch immer, denn eigentlich hatte ich ja nun gar kein Ziel mehr. Aber ich sah, wie ich glücklich mit all den anderen Wesen spielte, lachte, ihnen meine Geschichten erzählte und mich alle verstanden. Ich in ihrer Gegenwart so sein konnte, wie ich war. Ich hatte noch so vieles vor in meinem Leben und wollte noch so viele inspirieren, noch so vieles erleben. Tief in diese Vorstellung versunken, kam plötzlich ein Geistesblitz, der mich zur Wand gehen ließ. Ich schaute sie mir genauer an und entdeckte hinter den Kräutergirlanden eine Schnur. Intuitiv zog ich daran, da öffnete sich plötzlich ein Durchgang in der Wand: der Ausgang. Das Sonnenlicht strahlte aus der hintersten Ecke. *Unglaublich. Damit hätte ich jetzt wirklich nicht gerechnet!*

Ich ging einfach hinaus – ganz ohne Zauberstaub – und der Schmetterling folgte mir. Als ich zurückblickte, bemerkte ich, wie die Eule vor dem Durchgang stehen blieb. Sie folgte mir nicht.

Sheela jubelte. *Glückwunsch, Liora! Du wolltest in deine eigene Kraft kommen. Dazu gehört Verantwortung zu übernehmen und dein Glück aus dir selbst heraus zu erschaffen – unabhängig von anderen. Du hast dir vertraut, ohne zu wissen, was passieren würde. Die Möglichkeit, einfach zu gehen, bestand die ganze Zeit. Nur deine eigenen Überzeugungen haben dich dort festgehalten, denn das eigentliche Gefängnis befindet sich in unserem Verstand. Du hast die Macht, deine Realität zu verändern und frei zu sein – immer und zu jeder Zeit. An jemandem, der bereit ist, das anzunehmen, und der aus der Kraft der Liebe und Dankbarkeit heraus sein wahres Ich zeigt, wird kein Gift der Welt Anhaftung finden.*

Mir kamen die Tränen vor Dankbarkeit. Ich war so stolz auf mich und gerührt von mir selbst. Zum ersten Mal fühlte ich mich machtvoll. So frei, so unabhängig, so glücklich – und das aus meiner eigenen Kraft, nicht, weil mir jemand sagte, was möglich für mich war und was nicht.

Im glitzernden Sonnenlicht entzückte der Schmetterling mit seiner Anmut und Schönheit noch mehr als in der dunklen Höhle. Da mich seine Perspektive interessierte, stellte ich die Frage, die ich fortan jedem nur so formuliert stellen wollte: „Was ist für dich der Sinn des Lebens?"

„Mich zu entfalten. Das Leben weiterzuleben. Auch, wenn man denkt, alles wäre vorbei, so beginnt es doch von vorn. Gerade diese dunklen Momente der Hoffnungslosigkeit machen das

Leben lebenswert. Mit jedem Atemzug stirbt etwas in uns. Mit jedem Atemzug nehmen wir etwas Neues auf. Genau das ist für mich das Leben. Der Sinn besteht für mich darin, mich treiben zu lassen. Nicht an den dunklen Momenten festzuhalten und auch nicht an den schönen.“

Der Schmetterling war so weise geworden und lebte seine Definition vom Sinn des Lebens. Er würde sich immer weiter und weiter entfalten und immer schöner und schöner werden – dessen war ich mir sicher.

KAPITEL 21

DU BIST NICHT HIER, UM DIE WELT ZU RETTEN

Nun hätte ich eigentlich weitergehen können, doch stattdessen hatte ich ein schlechtes Gewissen. Ich musste zurück in die Höhle zu der Eule. Der Gedanke daran machte mich traurig. Ja, sie war mir nicht sonderlich sympathisch, aber jemand mit Fußfesseln in einer Höhle eingesperrt zurücklassen? Nein, das brachte ich nicht über mein kleines Wolfsherz. Also ging ich wieder rein. Aber die Eule war nicht mehr da. Ich trat in den Raum, schaute mich um. Die Ketten lagen auf dem Boden und drum herum: eine grüne Schlange. Sie drehte sich zu mir und erschrak. „Oh … ich dachte du wärst schon weg“, sagte sie.

„Äh, warte mal. Bist du etwa die Eule?“, fragte ich verwirrt.

Sie nickte. „Erzähle es bitte niemandem – ich bin eine Formwandler-Schlange. Ich habe die Fähigkeit, meine äußere Erscheinung zu wechseln.“ Sie blinzelte ganz schnell mit ihren Augen und verwandelte sich wieder in die Eule. Dann zuckte sie erneut mit ihren Augen, verwandelte sich in einen Hasen und mit dem nächsten Blinzeln wieder in die Schlange. „Seit so langer Zeit glaubten alle an die Geschichte von der Eule. All die Wesen haben so viel Hoffnung in diese Gestalt. Sie suchten mich auf und ich erzählte ihnen, was sie wissen wollten. Das schenkte ihnen ihren Glauben wieder.“

„Also gibt es die Eule wirklich nicht?“, fragte ich, nur um ganz sicherzugehen.

„Doch, es gab sie mal – aber sie ist vor langer Zeit gestorben. Also habe ich ihren Platz eingenommen und mir mein Reich in der Höhle am Herzberg eingerichtet.“

„Wieso zeigst du dich nicht als Schlange? … Das ist doch deine wahre Gestalt, oder?“

„Ja… aber das geht nicht. Nein, absolut nicht! Ich habe es versucht, wurde aber nur belächelt. Niemand würde einer Schlange vertrauen – im Gegenteil: Sie hätten Angst vor mir, halten sie Schlangen doch für gefährlich und hinterhältig. Es ist meine besondere Aufgabe, andere daran zu erinnern, was sie können. Das könnte ich in meiner Schlangengestalt nicht erfüllen. Sie lachten mich aus, weil ich Dinge gesehen habe, die noch in der Zukunft lagen. Diese Ereignisse trafen dann wirklich ein, doch für sie galt es nur als Zufall. Sie sehen mich seit jeher als die Versuchung, das Böse. Sie vermieden meine Gegenwart, stoppten ihre Gespräche, sobald ich einen Raum betrat, schauten mir nicht einmal mehr in die Augen. Der Eule wäre das nie passiert. Alle vergöttern sie und dadurch blieb das Bild der absoluten Weisheit aufrecht. Ihr zollte jeder Respekt. Selbst ihre Prophezeiungen wurden ernst genommen. Daher nahm ich schließlich ihre Gestalt an."

Ich hatte sie doch falsch eingeschätzt. Sie war unsicher und verletzt, hatte all die Jahre eine Maske getragen, um ihr wahres Ich zu verstecken. Das erinnerte mich doch sehr an meine eigene Geschichte.

„Ich sehe dich. Ich sehe, wie du dich fühlst. Lange, lange Zeit habe ich mich auch einsam und missverstanden gefühlt. Heute weiß ich, dass es das brauchte, weil sich daraus Kraft schöpfen lässt. Es stärkt dich."

Die Schlange wandelte ihre Form in Hasengestalt. „Ich bin doch so klein und unbedeutend. Was soll ich in dieser Welt schon erreichen? Was soll ich in meiner wahren Gestalt denn verändern können? Ich habe eigentlich gar keine Lust mehr, will mich nur noch in meine Höhle verkriechen und alles beobachten. Es ist so schwer, die Macht zu haben, Entscheidungen zu treffen. Alles so zu kreieren und zu erschaffen, wie ich es vorstelle. Doch was, wenn ich eine falsche Entscheidung treffe? Wenn ich es irgendwann doch nicht mehr so will? Es verändern möchte? Was dann?! Es ist meine Bestimmung, die Welt zu retten, aber diese Aufgabe … Sie ist so groß."

„Was wäre, wenn du es nicht mehr als so große Aufgabe empfindest, sondern es einfach nur mit Respekt betrachtest. Wie könnte es denn leichter sein und dir sogar Spaß machen?"

„Für mich ist meine Rolle in dieser Welt groß. Deshalb ist die Aufgabe, die ich habe ebenso groß."

„Und wenn du dieser Überzeugung einfach keine Bedeutung zusprichst? Weißt du, wenn ich auf meiner bisherigen Reise eines verstanden habe, dann, dass wirklich alles im Leben etwas mit Vertrauen zu tun hat. Ich vertraue mir jetzt vollkommen. Zwar fühlt es sich noch ein bisschen komisch an, nicht zu wissen, was als Nächstes passiert, aber … es ist keine Angst. Nicht mehr. Eher eine Art Vorfreude. Als wärst du in eine Achterbahn gestiegen und es geht langsam nach oben. Du weißt zwar, dass es gleich richtig steil und rasant runtergehen wird, aber auch, dass es danach wieder hochgeht und du schon bald wieder festen Boden unter den Füßen haben wirst." Ich sah die Schlange in Gestalt des Hasen mitfühlend an.

„Alles bedeutet nichts, bis du diesem Nichts eine Bedeutung gibst. Es bedeutet nur etwas, wenn du es glaubst. Sowohl die schlechten Erfahrungen als auch die guten Erfahrungen, sind nur dann gut oder schlecht, weil *du* sie gut oder schlecht machst", sprach Sheela aus mir.

„Aber es ist doch meine Aufgabe, die Welt zu retten. Das erwarten sie von mir, der Eule."

„Du bist nicht hier, um die Welt zu retten. Auch wenn du glaubst, jeden zu heilen und zu helfen, kannst du niemanden und schon gar nicht die ganze Welt erlösen. Das Einzige, was in deiner Verantwortung liegt, ist dich selbst zu heilen, und dadurch wird die Welt zu einem besseren Ort. Hör auf, dich hinter deiner Maske zu verstecken – das brauchst du nicht. Du bist großartig und das darfst du zu zeigen. Es ist sicher, gesehen zu werden. Und zwar so, wie du wirklich bist. Erlaube dich mit all deinen Facetten. Als Schlange. Als Eule. Als Hase. Als alles, was sonst noch in dir steckt."

„Ich fühlte mich all die Zeit so sicher hier in meiner eigenen Welt. In meiner Höhle. Ich will sie nicht verlassen …" Die Schlange atmete tief durch und nahm wieder ihre Schlangengestalt an. „Aber ich muss wohl."

„Nein, du musst gar nichts. Du darfst. Allein du kreierst dein Leben. Keine Bestimmung, kein Schicksal schreibt uns vor, was wir zu tun haben – wir allein entscheiden. Es kann anstrengend sein, das stimmt. Aber wer schreibt dir denn vor, jeden Tag ein Vorbild sein zu müssen? Jeden Tag etwas zu teilen oder immer weiter sein zu müssen als andere? Keiner. Wir sind alle auf unserem Entwicklungsweg und stehen in unseren Lebensbereichen auf unterschiedlichen Leveln, und das ist gut so. Das ist es, was Auf-Augenhöhe-Sein für mich bedeutet: Uns gegenseitig zu unterstützen. In einem Bereich kann ich dir etwas beibringen, im anderen du mir. Wir sind einzigartige Individuen, aber letztlich sind wir alle Seelen, die auf der Erde Erfahrungen machen. Und diese Erfahrungen erlebt jeder für sich auf seine eigene Art und Weise."

„Du hast recht. Ich trug die Maske der Eule. Aber ich bin jetzt bereit, sie abzulegen. Zu lange habe ich mich versteckt und in dieser Höhle eingesperrt. Doch damit ist jetzt Schluss!“, sagte die Schlange und es klang entschlossen.

Sie baute sich auf und schlängelte sich mit selbstbewussterer Haltung in Richtung Wand. Und dann … huschte sie einfach hindurch. Ganz ohne magischen Staub. Weil sie sich endlich erlaubte, sie selbst zu sein. *Es war ihr eigenes Gefängnis, das sie sich baute – durch die Kraft ihrer Gedanken.*

Erst in diesem Moment begriff ich, was das alles bedeutete. Mir erschlossen sich all die Zusammenhänge, die meine Reise zu ebendieser machten, denn ich verstand zum ersten Mal wirklich mit dem Herzen. Ja, eigentlich hatte ich es schon gewusst, nachdem die Eule es mir gesagt hatte – aber ich wollte es nicht wahrhaben. Wollte einfach nicht glauben, dass es niemals aufhören würde … diese Reise, die wir unser Leben nennen. Doch jetzt sah ich endlich die Vollkommenheit.

Die Schlange kam wieder in die Höhle und ich wollte meine Erkenntnis mit ihr teilen: „Der Sinn meines Lebens liegt in der eigenen Erfahrung und der eigenen Entwicklung. Jetzt verstehe ich, was du meintest. Ich darf zuerst eigene Erfahrungen sammeln, die ich dann mit anderen Wesen teilen kann. Denn wie könnte ich anderen etwas erklären oder beibringen, wenn ich es selbst nicht erlebt und erfahren hätte?“

Die Schlange nickte und verwandelte sich vor meinen Augen, ein letztes Mal, in die Eule. „Du hast es verstanden. Du kannst jetzt deiner Bestimmung folgen. Du brauchst keine Antworten im Außen. Denn deine eigene Erfahrung verwandelt Wissen in Weisheit."

„Von Herzen: Danke!"

„Nein. Ich danke dir, Liora. Du hast mich dazu ermutigt, mich verletzlich zu zeigen. Du bist eine Inspiration, und genau das ist deine einzigartige Gabe. Jeder trägt eine Eule in sich – sie ist der weise Anteil in jedem von uns. Es ist eine Illusion zu glauben, Sicherheit und Antworten nur im Außen zu finden. Die Antworten sind in uns – und das schon immer. Es ist eine Frage der Zeit, bis wir es auch erkennen. Leb wohl", sagte die Schlange, in ihrer ursprünglichen Gestalt, zum Abschied.

KAPITEL 22

WIE? VON GANZ ALLEIN?!

S*chau mal da! Was ist das da?*", fragte Sheela.

Ich ging ans Ufer, schaute aufs Wasser und erwiderte schulterzuckend: „Blätter."

„*Sieh noch etwas genauer hin.*"

Ich tat es, fischte eines der Blätter aus dem Wasser und … traute meinen Augen nicht. Es war das Blatt, das ich in den Wunschbrunnen geworfen hatte! Da standen meine Worte, die ich nun noch einmal las: „Meine Bestimmung leben." Wow, was für ein krasser Zufall, dass es gerade jetzt wieder auftaucht … *Zufall.* Ich schmunzelte.

„Liora, du weißt doch: Es gibt keine Zufälle! Du hast es angezogen. Mit deiner Willenskraft. Der Kraft deiner Gedanken“, sagte Sheela.

Aber wieso sollte ich das Blatt denn angezogen haben?

„Auf unserem Weg schauen wir immer gern nach vorn. Wir sind noch nicht angekommen oder wollen noch dies und das tun. Wir sind noch nicht so weit wie die anderen, haben jenes noch nicht erreicht. Doch viel wichtiger ist es, auch mal zurückzuschauen. Was hast du schon erreicht und geschafft? Das ist so viel, dessen du dir gar nicht bewusst bist.“

Mittlerweile war ich es schon gewohnt, Sheelas Weisheiten in meinem Kopf zu hören und Selbstgespräche zu führen. Also ich hatte ja schon lange Selbstgespräche geführt – aber jetzt wusste ich zumindest auch, wer mir da antwortete.

Ich ging zurück zum Fluss und nahm mir freiwillig einen Moment, um kurz innezuhalten. Das hätte ich vor meiner Reise nicht getan. Ich betrachtete mein Spiegelbild im Wasser. Diesmal fiel mir meine Narbe gar nicht mehr auf – nein, stattdessen konnte ich mich ansehen und zum ersten Mal empfand ich dabei Dankbarkeit und Liebe, statt Scham. Ich sah mein Spiegelbild genauer an und erkannte Sheela in mir.

Wir sind eins.

Ich fühlte von ganzem Herzen, dass es wahr war. Sie war die Stimme, die mich dazu aufgerufen hatte, für meine Träume loszugehen. Sie war die Stimme, die mich ermutigte, mir zu vertrauen. Meine Intuition. Sie war diejenige, die meinem Leben nun einen tieferen Sinn gab. Moment mal. Mir wurde etwas klar. *Du bist in Wahrheit die Eule. Ich dachte, ich müsste im Außen nach Antworten suchen, dabei bist du die Einzige, die ich brauche, um sie zu finden,* sagte ich zu Sheela und umarmte sie innerlich.

„Ich bin nicht die Eule. Sieh noch einmal genauer hin."

Ich wusste nicht genau, worauf sie hinauswollte, also betrachtete ich mich erneut im Wasser. Mein Körper zuckte und es blitzte wieder vor meinem geistigen Auge. Wie in einem Flashback sah ich alle Wesen an mir vorbeiziehen, die mir auf meiner Reise begegnet waren, und sah sie aus einem anderen Licht. Ich erkannte, wie jedes einzelne mich spiegelte.

Der Schwan, der sich erlaubte, in seiner Schönheit zu strahlen. Der Kobold, der sich über alles freuen konnte, selbst über den Regen. Die Biene, die jeden Tag das tat, was ihr Spaß machte. Die Libelle, die mir trotz Missverständnissen half. Der Bär, der seinen Emotionen freien Lauf ließ. Sanft und stark zugleich. Der Löwe, der sich erlaubte, nicht immer stark zu sein. Die Raupe, die zu einem wunderschönen Schmetterling wurde. Der Fuchs, der mir zeigte, dass ich auch in meinem eigenen Tempo ans Ziel kam. Er, den ich anfangs als so arrogant empfand, was sich in großes Mitgefühl gewandelt hat. Der Adlerhäuptling, der mir die Welt von oben zeigte und wie die einzelnen Momente des Lebens zusammenhingen. Die Eule, die eigentlich eine Schlange war, die ihre Maske ablegte und sich selbst annahm. Der ich geholfen hatte, sich selbst anzunehmen. Sie alle waren Projektionen meines eigenen Selbst. Sie alle waren ein Teil von mir. Jede Begegnung und jede Erfahrung war ein Puzzleteil, das mich an meine eigene Vollkommenheit erinnerte.

Wir glauben, nicht vollständig zu sein, dabei waren und sind wir es von Anfang an – wir haben es nur vergessen.

Mein Wunsch hatte sich doch tatsächlich von allein erfüllt – wie beim kleinen Samen. Tränen der Dankbarkeit flossen über mein Gesicht. *Jetzt ergibt alles Sinn. Jetzt verstehe ich es. Jetzt kann ich es wirklich wertschätzen. Ich muss gar nichts tun, um meinen Sinn zu leben. Ich muss nichts leisten. Indem ich den Weg ging, habe ich so viele Wesen inspiriert, so viel Neues über mich selbst und andere gelernt.*

Ich hatte immer gedacht, es wäre wichtig, wie das Gesamtbild aussieht, aber am Ende hatte sich alles von ganz allein gefügt. In Wirklichkeit zählte nicht nur das fertige Motiv, sondern wie die einzelnen Puzzleteile miteinander verbunden wurden. Wie viel Spaß wir hatten, während wir diese Erfahrungen machten, auch wenn diese nicht auf Anhieb ein Erfolg waren. Jeder Schritt, und wenn es ein vermeintlicher Rückschritt gewesen war, hatte mich weitergebracht und zu meiner Weiterentwicklung beigetragen.

Es wird dann leichter.

„*Es wird nicht leichter – du wirst stärker*“, sagte Sheela.

Ich fühlte mich jetzt so sicher in Sheelas Gegenwart. Spürte diese Selbstsicherheit in mir – und das schenkte mir so viel Kraft. *Ich könnte jetzt alles tun! Alle Möglichkeiten stehen mir offen. Wo zieht es mich hin? Zurück nach Hause?*

O Mist… ich konnte noch nicht nach Hause. Ich hatte doch noch meine Nebenmission: Das Volk des Löwen zurückbringen! *Wie konnte ich das nur vergessen?!*

Ich schuldete ihm noch diesen Gefallen. *Alles geschieht aus einem bestimmten Grund. Auch, dass ich das vergaß.*

Doch wo finde ich denn jetzt ein ganzes Volk? Und waren das alles Löwen? Ich war keinem anderen Löwen begegnet außer ihm. Vermutlich sollte ich ihm mein Versagen beichten.

Auf dem Weg nach Löwenherz dachte ich darüber nach, was meine Vision, mein fertiges Puzzle, nun eigentlich war. Ich träumte noch immer davon, einen Ort zu erschaffen, an dem jeder einfach so sein konnte, wie er war. In unserem Wolfsrevier im Verwunschenen Wald war dieser jedenfalls nicht.

Wäre ich zu Hause vollkommen glücklich gewesen, hätte ich mich niemals auf den Weg gemacht. Dann wäre ich nicht die Liora geworden, die ich heute war. Ich folgte einfach dem Ruf der leisen Stimme in mir, ohne zu wissen, wohin sie mich führen würde. Wenn ich eins gelernt hatte, dann, mir selbst zu vertrauen. Sheela zu vertrauen. Egal, wie verrückt sich das anhörte.

Schon in der Ferne hörte ich laute Musik und Gekreische. *Wie kann das sein, wenn Löwenherz ein Geisterdorf ist?!* Die Geräuschkulisse wurde lauter, je kürzer die Distanz zu meinem Zielort. Die große Feier schien schon begonnen zu haben. *Mist, der König hat bestimmt schon alles vorbereitet.* So fiel es mir noch schwerer, ihm die schlechten Neuigkeiten zu übermitteln. Schweißperlen tropften bereits über meine Stirn und auch das Atmen fiel mir ersichtlich schwerer.

Ich kam dem Schloss näher und entdeckte einige Wesen davor – unter ihnen sogar einige bekannte Gesichter! Neben dem Löwen tanzten dort die Adler, sogar die Schlange und weitere Wesen aus der Tierwelt. Der Löwe rollte zu mir und begrüßte mich fröhlich: „Hach, Liora, wie schön dich zu sehen!"

„Ich ähmm –", begann ich mit meiner Beichte, wurde jedoch vom Löwen unterbrochen.

„Schau mal, wer zu mir zurückgekehrt ist. Die Bewohner meines Volkes!" Mein Wolfsgehirn war zu langsam, um es zu begreifen. Ich schaute verwirrt umher, dann klärte er mich auf: „Ich bin der König der Tiere. Alle Tiere sind heimgekehrt. Einfach so, von ganz allein."

„Wie? Von ganz allein?!", fragte ich ungläubig.

Der Adlerhäuptling und die Schlange wurden nun Teil unserer Gesprächsrunde. „Wir sind alle Teil dieses wundersamen Volkes. Wir sind eine Einheit, die jetzt noch stärker ist. Als der Fuchs von der wahren Gestalt der Schlange erfuhr, ließ er die restlichen Adler wieder frei. Genauso wie wir nun die Schlange in all ihren Facetten annehmen, beschlossen wir nun auch anderen in ihrer Vollkommenheit zu sehen. So erwiesen wir unserem König die Ehre, ihn so wahrzunehmen, wie er in Wirklichkeit ist."

„Löwenherz war auch meine Heimat gewesen, bevor ich mich in die Höhle verkroch. Hier kann jetzt jeder so sein, wie er ist und wird herzlich empfangen. Das haben wir dir zu verdanken, Liora. Du hast uns an unser wahres Ich und diese Verbindung erinnert", sagte die Schlange.

„Aber, ich habe doch gar nichts getan. Ich …“ Mir fehlten die Worte. Gerade noch träumte ich von einem Ort wie diesem hier und schon war ich mittendrin.

Wie ist das möglich?

Die Erkenntnis kam natürlich aus der Sheela in mir und ich fühlte, dass es wahr war:

Der lichtvolle Ort in dir manifestierte den lichtvollen Ort im Außen.

NACHWORT UND DANKSAGUNG

Danke für Dich und das Fühlen der Worte dieses Buches. Die Weisheiten aus diesem Buch sind zeitlos, nicht für den Verstand, sondern für Herz und Seele und brauchen eventuell Zeit nachzuwirken.

Lioras Geschichte erinnert uns daran, auf unserem eigenen Entwicklungsweg unserem Herzen viel mehr zu folgen. Einige Begegnungen in dieser Geschichte mögen ähnlich sein und sind gleichzeitig doch anders. Es ist keine klassische Heldengeschichte. Denn, wie in dieser Geschichte, ist unser Leben von Höhen und Tiefen geprägt, einzelne Momente, deren Bedeutung wir erst im Nachhinein verstehen.

Gerade die vermeintlich dunklen Momente bieten ein gewaltiges Potenzial für unsere innere Stärke. Es gibt keine Fehler oder falsche Entscheidungen. Jeder Moment ist eine Erfahrung, aus der wir lernen. Jede Erfahrung beeinflusst nicht nur unser Leben, sondern unbewusst auch das Leben von anderen. Diese Moral wird besonders durch das letzte Kapitel deutlich.

Danke für Deinen Mut, Dir und dem Leben zu vertrauen. Deiner Intuition und Deinen Gefühlen mehr Raum zu geben, gerade dann, wenn Dein Verstand es nicht greifen kann. Danke für Deine Offenheit, Dich dem Unbekannten hinzugeben, die Kontrolle loszulassen, mit dem Gewissen, dass gerade das, das Richtige für den jeweiligen Moment ist.

Weiterer Dank gilt Sandy, meiner Mentorin, die mich während des Schreibprozesses an die Kraft meiner Intuition erinnerte und mir aufzeigte, dass nur das wichtig ist. Danke an Stephanie, meine Muse für die poetischen Worte des Bären: „Sanft und stark zugleich“. Danke an Patricia, die mir den Namen für Sheela schenkte. Besonderen Dank auch an alle Begegnungen und Erfahrungen meines bisherigen Lebens, die dazu führten meine inneren Anteile künstlerisch zu erforschen und durch diesen heilsamen Prozess, inspirierende Sprachkunst zu erschaffen.

Jeder von uns trägt eine weise Eule, eine Sheela in sich. Die Frage ist:

Hörst du ihr zu und vertraust du ihr?

GESCHENK FÜR DICH

Dieses Buch ist erst der Beginn eines gesamten Liora Universums. Ein Universum voller unendlicher Möglichkeiten. Als besonderes Geschenk habe ich unter anderem einen Teaser für Dich, was Dich dort erwartet. Zu jeder Geschichte gibt es mehrere Seiten. Was geschieht wohl, wenn wir unsere Intuition öfters ignorieren? Wer weiß?

Erfahre es hier:
maispirit.com/diestimmedieichsah-geschenk2

Hat Dich das Buch berührt?
Es kostet nichts, als Deine Zeit und ist so eine große Unterstützung. Ich weiß, wie wertvoll sie ist, daher wertschätze ich es besonders, wenn Du sie nutzt und dieses Buch mit Deinen Herzensmenschen teilst. **Verschenke es, empfehle es weiter, poste es in Deinen sozialen Netzwerken** und verlinke mich so gerne. Vorlagen für Instagram Stories findest Du mit Deinem ersten Geschenk. Wenn Du Lust hast, schreibe doch eine **Rezension auf Amazon, Thalia, Hugendubel oder einem anderen Portal Deiner Wahl.** Welche Worte Du wählst, spielt keine Rolle. Selbst eine anonyme Rezension schlägt Wellen. **Jede Bewertung unterstützt** anderen Lesern dabei, **dieses Buch zu finden** und die Botschaft dieser Geschichte vorab schon zu fühlen.

Mein größter Wunsch ist es, dass möglichst viele Menschen **ihrem Herzen voller Vertrauen und Selbstsicherheit folgen und ihre tiefsten Träume leben** – unabhängig von der Meinung des eigenen Umfelds. Mit diesem Buch und allen weiteren Werken werde ich meinen Beitrag dazu leisten. Der Rest ist jedem selbst überlassen ☺

Von Herzen Danke!

In Liebe,
Deine Julia

ÜBER DIE AUTORIN UND KONTAKT

Mit ihrer Sprachkunst inspiriert Julia Mai ihre Leserschaft dazu, ihrer Intuition zu folgen und erweckt tiefe Emotionen, die Herz und Seele wachküssen.

Das Schreiben ist für die Autorin ein Weg Emotionen fließen zu lassen. Denn lange Zeit haben die eigene Scham und limitierende Überzeugungen dafür gesorgt, ihre Emotionen zu unterdrücken, statt sie auf künstlerische Art zum Ausdruck zu bringen. In ihren Werken fließen emotionale Höhen und Tiefen mit ein, wie der Konflikt zwischen Herz und Verstand, „Dark Night of the Soul" Momente und die großen Fragen des

Lebens. Besonders am Herzen liegt ihr das Vertrauen in die eigene Kraft und die Intuition als innerer Kompass für den eigenen Lebensweg.
Julia Mai, geboren 1992, in Hamburg ist Schriftstellerin und Emotionale Sprachkünstlerin. Nach ihrer Ausbildung in Marketingkommunikation war sie mehrere Jahre im Brand Marketing tätig. Durch ihr Studium im Bereich Wirtschaftspyschologie und Weiterbildungen in Energiearbeit und Coaching, hat sie eine vielfältige Expertise für die tiefgreifende Innenwelt von uns Menschen und erschafft in Kombination mit ihrer inneren Weisheit berührende Werke.

Kontakt
Schreib mir unglaublich gerne eine Nachricht über Instagram oder E-Mail. Ich freue mich sehr zu erfahren, wie Dir Lioras Geschichte gefallen und was Dich besonders berührt hat.

Instagram:
juliamai_autorin

Website:
maispirit.com

E-Mail Adresse:
hello@maispirit.com